水平線の恋唄

末廣 圭

Kei Suehiro

イースト・プレス 悦文庫

目次

水平線の恋唄

第一章　船上の再会

正月三が日の祝日が終わった四日後の、午後二時。

頬を撫でていく風が冷たい。

おおよそ二年ぶりに乗るフェリーの甲板に立って、畠山亮太（はたけやまりょうた）は深く息を吸った。海風に風味の違いなどあるはずもないのに、生まれ育った故郷の中通島（なかどおりじま）に向かうフェリーで、胸いっぱいに吸う潮風は、どこか甘くて、とても懐かしい。

じいちゃんとばあちゃんは元気かな――。本島の長崎港からフェリーが出港すると、亮太の脳裏に浮かぶのは、米寿（べいじゅ）を超した祖父母の姿だった。亮太の両親は祖父母と言葉を交わすたび、「もう五島（ごとう）から引っ越してきなさいよ。五人家族でゆっくり住めるよう、埼玉県に家を買って、待っています。お医者様だって、五島の病院は手が足りなくて、困ることもあるでしょう」と言っていた。

亮太は長崎県、中通島の生まれである。が、亮太が中学校に進学したのとほぼ同時に両親は、父親の仕事の関係で、埼玉県に引っ越した。亮太は十二歳の子供心を悩ませた。両親と一緒に埼玉県に行こうか、それとも祖父母の世話になって、中通島に残ろうか。

子供の自立心を尊重する両親は、その選択を一人息子に任せた。

結果、亮太は島に残った。生まれたときから、いつも優しく遊んでくれたじいちゃん子だったこともあったが、友だちと別れるのが寂しかったし、騒がしい都会なんかに行きたくない。だいいち、都会には怖そうな人がいっぱいいそうだという変な猜疑心が、島に残った最大の理由だった。

地元の人は、福江島に代表される五島列島のことを、五島と呼ぶ。

が、両親の誘いなどにはいっさい耳を貸さず、祖父母は列島の中では二番目に大きな島である中通島から、一歩も出ようとしない。

(じいちゃんとばあちゃんは、そろって頑固者だからな)

祖父母と両親の掛け合いを耳にするたび、亮太はつい笑いを噛み殺す。血筋は争えない。どっちもどっちなんだ。

でも亮太は、大学生になった今も祖父母派で、もし中通島に大学があったら、島に残っていたかもしれない。仕方なく、東京の大学に進学してからは、祖父母と両親の架け橋、連絡役になっていた。

新型コロナウイルスが地球規模で蔓延する前まで、亮太は夏休みと冬休みの年二回、両親に代わって祖父母の家を訪ね、親孝行の代理を務めた。が、大型クルーズ船が横浜港に入港し、船内から危ないウイルスが大量に発見された三年前の冬から、亮太の足は五島に向かうことすらできなくなった。

厳しい外出禁止令が発布されたせいだ。

亮太が通う東京のW大学も、他に習って所沢（ところざわ）にある野球部の合宿所に缶詰になった。

今は便利な時代になって、いつでもテレビ電話で話はできる。

でも、テレビ電話では、じいちゃんの自慢料理が食べられない。

亮太の祖父である畠山仁一（じんいち）は、今年八十九歳になった。都会だったら、とっくの昔、老人介護施設の厄介になる年齢なのだが、祖父の軀（からだ）は至って頑健で、波の穏やかな日は一人で伝馬舟（てんまぶね）を漕ぎ出し、アジやサバ、太刀魚を釣り、それは手際よく、自らの包丁で捌（さば）く新鮮魚料理を振る舞った。

味わいは抜群。

地元で採れる野菜や海草と一緒に煮付ける漁師料理は、天下一品だと、地元の人にも人気があった。

一人で小舟を操り、海に出ていく祖父の姿に、祖母の彩乃（あやの）はあきらめている。

わたしがなんぼ、もうやめてください、危ないですよと注意したって、おじいちゃんの舟は出ていくんだよ。舟釣りはおじいちゃんのたったひとつの愉しみで、自分で釣ったお魚を肴（さかな）にして、晩酌をしているおじいちゃんのお顔を見ていると、この人はあと二十年くらい元気でいるんじゃないかと、心配しているんだよ。だってわたしはそんなに長く生きていられませんからね、と声をあげて笑う。

結婚して六十年ほど経っているというのに、じいちゃんの話をするとき、ばあちゃんは、まるで少女のように、頬を薄っすら染めることもあって、こんなに仲のよいカップルはほかにいないだろうと、亮太はときどきうらやましくなる。

そんな祖父母と、約二年ぶりに会える……。

そのときふいに亮太は自分の背中に、人の気配を感じた。

ひょいと振り返った。

（誰だ？）

アイボリーのダウンジャケットとジーパンをまとった、わりと背の高い女だった。長い髪が潮風に吹かれて、顔の半分を隠していた。

「元気だったみたいね」

初対面のはずだが、ずいぶんなれなれしい言葉づかいで、女は話しかけてきた。

「あなたは、どなた？」

亮太はこわごわ、聞きなおした。

「畠山君って、冷たい人だったのね。東京の大学で野球をやっていると、島の野球部のことなんか、全部忘れてしまったんでしょう」

「えっ、島の野球部……？」

あらためて問いなおし、亮太はさらに注意深く、女の表情を追った。

はっとした。

野球部の先輩だ！　富澤さんだ。風に吹かれた髪が頭の後ろになびいて、やっと顔全体が確認された。

気丈そうな細い眉は、への字に吊りあがっている。つんと尖った鼻が美しく、山形に整った唇に、ピンクの口紅を注していた。

「思い出してくれたのね、わたしのこと？」

風になびく髪を指先で梳きながら、彼女は真っ白な歯をこぼして微笑んだ。

思い出すどころじゃない。亮太にとっては、自分でも恥ずかしくなるほど愛おしい存在だ。彼女と会っていると、胸が熱くときめいた。

純な少年に初めて、幼い恋心をいだかせ女の子だった。

「先輩が同じフェリーに乗っていたなんて、全然知らなかったものですから、無礼な態度を取ってしまって、ごめんなさい」

亮太は正直に謝って、黒い野球帽をとり、ぺこりと頭を下げた。

富澤百合（ゆり）は中通島高校の二年先輩で、汗と土にまみれて猛練習に励んでいた当時の、女性マネージャーだった。

わたしも男の子だったら、みんなと一緒に練習をして、県大会にも出たかった。でも、わたしは女の子でしょう。それで裏方にまわって、グラウンドの整備やお掃除、練習のお手伝い、記録係をやらせていただきました――。

亮太より二年先に高校を卒業した先輩は、たった十三人しかいなかった部員の前で、半分泣きべそをかきながら、別れの挨拶をした。その当時、島の高校の在学生は二百八十人で、七十三人しかいなかった女子高校生の中では、ピカイチの美人さんだったと、亮太ははっきり覚えている。

元気潑剌（げんきはつらつ）、その上、学歴優秀でいつもクラスのトップだったため、亮太は気安く話しかけることもできなかった。

高校を卒業したあと、富澤先輩の消息はぷつりと途切れた。巷（ちまた）の噂では大阪の看護学校で勉強しているという話も耳にした。が、大学二年生になった今でも、決して忘れることのできない憧れの女性であることは、間違いない。

その先輩と、偶然にも、ばったり出くわした。

「畠山君はときどき島に帰って、おじい様とおばあ様のお世話をしているって、母から聞いていたのよ。今日は、お正月のご挨拶に戻ってきたのね」

話しかけながら富澤百合は、亮太の真横にすり寄った。

（へーっ、いい匂いだ）

思わず亮太はくんくん鼻を鳴らした。

高校時代の先輩は男勝りの行動派で、女性の香りなどまるでなかったのに。そんな颯爽とした先輩の姿が、大好きだった。

「それが、あの、野球部の先生から、去年の暮れ、連絡をいただいて、もし時間があったら、後輩をコーチしてくれないかと頼まれて。それで正月休みを利用して帰ってきたんです」

「まあ、畠山君がコーチに」

「軀がでかいところを買われたのか、これでもぼくは今、大学のレギュラーメンバーに、ときどき入っているんです。今、W大学の野球部員は九十人くらい在籍しているんですが、半分は補欠でも、ぼくはやる気満々なんです。中通島の名誉にかけても、あと二年ほどの在学中、必死に練習して、レギュラーになってやる、って気張っています」

体型に恵まれていることは事実で、身長は百八十六センチで、体重は九十三キロと大型だ。

亮太の話に聞きほれていたような先輩の目が、頑丈そのものに育った後輩の全身を這いまわった。高校の三年ごろから急速に成長した体格に、先輩の目は驚いているふうなのだ。

「亮太君が名門大学のレギュラーに？」

先輩の声が、フェリーのうるさいエンジン音にかき消されていく。

「それはぼくの願望で、最後までベンチウォーマーかもしれませんが、高校時代、先輩にけしかけられて、猛練習に励んだおかげで、大学の猛特訓にもついていくことができます。今回、島にいるのは二週間だけですが、先輩に教えられた練習を後輩に受けつがせてやりたいと、今、ぼくは張りきっています」

「ありがとう。畠山君は先輩思いだったのね。うれしいわ」

「それで先輩は、今、なにをしているんですか」

亮太は聞きなおす。

富澤先輩はフェリーの手すりに背中を預けるようにして、亮太の全身を、あらためて見た。

正月の潮風は、五島でも、やはり冷たい。

が、先輩の美しい眼差し(まなざ)しに穴の開くほど見つめられているせいか、軀中がかっかとほてってくる。

「わたし、今、長崎の保健所で、お仕事をさせてもらっているのよ」

「それじゃ、野球とは縁がなくなったんですね」

「わたしのお勤めは、五島を順繰りにまわって、お年寄りの健康相談をしたり、そう、今はね、コロナ対策のワクチン接種のお世話をしたりしているんです」

「それは大変な仕事ですね」

「五島に住んでいる人は、今、七万人ほどですが、半分近くは高齢者の方で、中にはわたしたちの言うことを聞いてくださらない人も大勢いるのよ。島で生まれて育った方が多いから、わがままだったり、頑固な方もいらっしゃって、わしはコロナなんぞにかからんから、放っておいてくれなんて、わたしのほうが怒られたりして」

先輩の苦労話を聞いて、亮太は腹の中で、ぺろっと赤い舌を出した。

ぼくのじいちゃんは、その代表選手じゃないか。わしは医者が大嫌いじゃ。無理やり聴診器を当ててきたら、わしはわしの舟で壱岐(いき)に逃げてやると、大見得を切る始末だ。

「お忙しいでしょうが、たまには母校に行って、野球部の面倒を見てやってください。後輩は必ず大歓迎します。自分たちの先輩に、こんなにきれいなマネージャーがいたのかって。今年の部員は十九名いて、中には将来有望の選手もいるそうですから」

亮太はお願いした。

いや、野球部の面倒を見てほしいというのは表向きの言い訳で、島にいる間、少しでも長い時間、先輩と一緒にいたいという亮太の切なる願望がこめられていた。

「わかったわ。明日か明後日、学校に行って、畠山君のコーチぶりを拝見します。でも、ちょっと愉しみね。畠山君のユニフォーム姿が見られるなんて。大学のユニフォームを持ってきたんでしょう」

「はい、先生が、きみたちの先輩である畠山選手は、東京のW大学のレギュラー選手であるから、根性を入れて、二週間の練習に励むことと、部員を前にして訓示されたそうで、ぼくはものすごく緊張しているんです」

「先生もいいところに目をつけたわね。東京六大学でプレーする現役選手が来てくださって、直接指導されるなんて、夢のような話ですもの」

先輩の大きな瞳が、ほんの少し潤んだ。

後輩の活躍を、真底うれしがっているような。

「あんまり買いかぶられても困るんです。軀がでかいだけで、プレーはまだまだ自信がありませんから」

二人の視線が、静かにぶつかった。

そのとき初めて亮太は、彼女の姿から、おっかない先輩というより、あたたかい慈しみの心を感じとった。自分は先輩に見守られているという、勝手な幸せ感に浸って、だ。

「そうだわ、ねっ、今夜、時間があるでしょう。わたし、実家に泊まりますから、遊びに来ませんか。お酒を吞みましょうよ。畠山君も成人したんですから、おいしいお酒を吞んで、お互いに近況報告をしましょうよ。ぜひ、畠山君の活躍をお聞きしたいし」

お聞きしたい、なんて、そんな敬語をつかわないでください。でも、うれしい。

先輩は現在の自分を認めてくれているんだと、自信が湧いてくる。

先輩の実家は、もちろん知っている。高校時代、野球部の仲間と一度だけ訪ねたことがあった。

中通島は隣の若松島（わかまつじま）と若松大橋で結ばれていて、上五島（かみごとう）と呼ばれているが、手つかずの自然の中に、古ぼけた教会が三十棟近く点在している。

それらの教会は、その昔、キリスト教を邪悪な宗教と決めつけ、長年にわたって弾圧を受けた島の人々の、苦難の歴史を物語っている。

先輩の実家は、自然のままに切り立つ奇岩と、複雑に入り組むリアス式海岸が眺望できる矢堅目（やがため）公園の近くにあって、ほんの少し歩くと、大海原をオレンジ色に染める夕陽を拝める景勝の地で、島の名物にもなっていた。

予期しなかった誘いを受けて亮太は、ひどくまごついた。

今夜は、じいちゃんの晩酌の相手をしようと考えていた。二年ぶり帰郷だ。祖父はきっと、朝早くから伝馬舟を漕いで、漁に出たに違いない。孫と二人で夜っぴきの酒盛りをやると、ばあちゃんに伝えていたそうだから。

しかし富澤先輩の誘いは、たとえ西の空から太陽が昇っても、断れない。

だいいち断る勇気がない。

しかも今夜は、二人っきりの呑み会になりそうだ。高校時代、先輩の実家を訪ねたときは、野球部員十三人が雁首を揃えていたから、それほど緊張しなかったけれど、今夜はいったい、どうなるのか。

アルコールは、滅法弱い。

缶酎ハイを二本も呑むと、頭がくらくらして、すぐ眠ってしまう。

「先輩のお宅に伺うのは、ぼく一人ですか」

亮太はおそるおそる聞いた。

二人だけのほうがいいのか、それとも、その他大勢の人がいたほうが気楽になるのか、はっきりしない。

「あら、どなたか、お友だちを誘いたいとか？」

先輩の目が、ものすごく疑い深い色に変わった。

「いえ、ぼく一人で伺うのは、図々しいかもしれないと思って」

「わたしはね、東京六大学野球で大活躍している畠山選手と二人っきりで、おいしいお酒を呑みたいの。ほかの人は、誰一人もいりません」

フェリーの舳先あたりで、大きな汽笛が鳴った。

接岸の近いことを知らせてくる。

「それじゃ、伺います、ぼく一人で」

「愉しみだわ。それじゃ、夕方六時ごろいらっしゃい。わたしの手料理も食べてくれるでしょう」

先輩の右手が伸びてきた。指が長い。

コロナの第七波は終息に向かっているらしいが、まだ濃厚接触が解禁されているわけではない。けれど亮太はあわてふためいて、右の手のひらをジャケットの裾で拭き、手を差し出した。愛しい先輩と握手できるなんて!

先輩の細い指が、きゅっと巻きついた。

甲板は冷たい海風が吹いているのに、先輩の手のひらはじっとり汗ばんでいるし、とてもあたたかい。

先輩の実家は、平屋のたたずまいだが、あたりを睥睨するかのようなどっしり感があって、とくに、広大な屋敷全体を取り囲む山吹色の土塀に特徴があった。あたりはすっかり暗くなっているが、街灯の明かりにぼんやりと照らし出された塀の内側には、緑濃い樹木がずらりと植えられ、以前と変わらず、落ちついた雰囲気を醸している。

玄関先まで来て、またしても亮太の緊張感は高まった。

祖父母には謝った。フェリーに乗っているとき、高校の大先輩に偶然会って、同級生みんなで先輩の実家を訪ねることになったんだ。でも、ぼくは二週間も島にいるから、おじいちゃんの魚料理は愉しみにしているよ。魚を釣ってきてくれるでしょうと、半分はウソをついて、言い訳をした。

やっとのことで、亮太はインターフォンを押した。

秒と待たず、ドアの奥から大きな声が返ってきた。

「いらっしゃい。鍵は掛かっていないのよ。さあ、入ってちょうだい」

明るくて、どこかはしゃいでいるふうな先輩の甲高い声が、ドアの内側に響いた。先輩の声とは真反対に、亮太の足はすくんだ。先輩の手料理を食べ、酒を呑んでいるとき、自分はなにを話せばいいのか、さっぱり見当がつかないからだ。

まさか、高校に入学したときから先輩が大好きでした、なんて白状できない。

高校時代は先輩、後輩の関係にあって、ろくに話もしてもらえなかったのだ。

木造の分厚いドアが開いた。

「遠慮しないで、伺いました」

ぺこりと頭を下げて、亮太はお辞儀をした。ひょいと頭を上げて亮太は、目を見張った。オレンジ色の明かりの中に、にっこりと微笑む先輩の姿を目にして、だ。もふもふの白いセーターと青っぽい布地のミニスカート姿の先輩が、天使様のように、ぽっかりと浮きあがって見えた。

真っ黒な長い髪を三つ編みにして、背中に流すヘアスタイルが、とっても清潔で愛らしい。

「さあ、上がってください。両親は親戚のお宅にお呼ばれして、今夜は帰ってきません。だから、今夜は二人っきりよ」

遠慮をしなくてもいいのよと、優しそうに誘われても、なんだか見違えるほど女性らしく変身した先輩に、亮太は間違いなく怖じ気づいた。おっかなそうなほうが先輩には似合っている、なんて考えながら。

ぴかぴかに磨かれた板敷きの玄関に上がった。すべって転びそうだ。

以前、この家を訪ねたときは、庭のテーブルでアイスコーヒーをご馳走になっただけで、屋内に入れてもらえなかった。が、初めて入る屋敷内はとても広くて、すべてが木造で、木の香りに包まれていく。

廊下の一番奥の部屋に案内された。

へーっ！　またしても亮太はびっくりした。

三十畳近くもありそうな超ビッグサイズのリビングルームに備えられた数々の家具、調度品は、贅を凝らしているふうだ。

Ｌの字に並べられたソファは巨大だし、セピア色の革製だ。

「どこでも好きなところに座ってちょうだい」

勧められたが、ソファが大きすぎて、座る位置が決められない。

でかい軀をできるだけ小さくして亮太は、やっとのことでコーナーに腰を下ろした。そのときになって初めて、亮太の目はソファの前に置かれたテーブルに向いた。ビール、ワイン、缶酎ハイが大量に並べられていた。

（たった二人で、こんなにいっぱい呑むのか）

酔いつぶれてしまう。大いなる不安にかられているさなか、先輩は風のようにすり寄ってきて、亮太の真横にふわりと座った。

だめです。そんな恰好をしないでください。亮太はあわてふためいて視線をそらそうとしたが、目は点になって動かない。ミニスカートが無防備にめくれ、太腿があらわになったからだ。

しかもストッキングを穿いていない。なめらかそうな丸い素肌が、剝き出しになった。

そんなことには無頓着に、先輩はテーブルに手を伸ばした。

「最初はビールで乾杯しましょうか。四年ぶりの再会をお祝いして」

あーあっ、ますますいけない。

腰を折って手を伸ばしたものだから、ミニスカートの裾は無残にめくれ、膝上三十センチ以上も露出した。でも、

(先輩の太腿って、きれいだ)

肌理が細かそうで、つるつるしている。

一瞬、亮太はうらやましくなった。先輩は長崎県の保健所の職員として、五島の島々を巡回し、お年寄りの面倒を見ているらしいけれど、こんなにきれいで優しい保健師さんの厄介になっていると、じいちゃんたちは昔を思い出し、若さを取り戻すかもしれない。

じいちゃんたちは幸せ者だ、なんて。

ふたつのグラスにビールを注いで先輩は、そのひとつを亮太の前に差し出した。

ぼくはそんなに呑めないんです。この一杯を呑んだだけで、酔っ払ってしまいます。先輩の太腿を見ていたら、なおさらのこと酔いが早まりそうだ。腹の中で

ぶつぶつ言い訳をしながらも、亮太はビールを呷(あお)った。

　こうなったら、さっさと酔っ払ってしまったほうが、緊張感はほぐれるかもしれない。

「まあ、素敵な一気呑みね。あなたは体格も立派で、お酒も強そうだわ。見なおしました。わたしの後輩は、誰にも負けないすばらしい男性に成長しましたって、自慢できます。だって、そう、あなたは、東京六大学野球の一流選手になるんですもの。中通島のエリートよ」

　誉めちぎられて亮太は、穴があったら、ただちに潜りこみたくなった。

　だいいち、本気で誉めてくれているのか、冗談半分でおだてられているのか、わからなくなって。

　亮太は手にしていたグラスを見なおした。グラスいっぱいに注がれていたビールは、わずかな白い泡を残して、空になっていたからだ。いつ呑んでしまったのだ？

　考えても思い出せない。無意識に喉を通過させてしまったらしい。

　本来だと、急激な酔いがまわってくるはずなのに、神経は正常で、視覚や臭覚も正しく作動している。先輩の長い睫毛(まつげ)がぴくぴく震えているのも正視できるし、ミニスカートの裾からはみ出ている太腿の丸みが、やたらと悩ましく映ってくる。酔いがまわっていたら、目が霞んで、視界がぼやけてしまうのに。

「あら、ごめんなさい。ビールが空になっていたのに、気づかなくて。畠山君はウソつきだったのね。アルコールに弱いなんて言いながら、ビールを水みたいに呑んで、平気な顔をしているんですもの」

言い訳はできない。

まるで酔っていないのだ。

先輩はビール瓶を手にして、二杯目をどうぞと言いながら、小さなウインクを送ってきた。少なくとも、こんな間近からウインクされたのは、初めての経験だった。

こうなったら、やけくそだ。

勧められるがままに亮太はグラスを差し出し、注いでもらう。

ごくんと呑んだ。

剝き出しになった膝を斜めにずらして先輩は、斜向かいから、熱い眼差しを送ってきた。なにか意味のありそうな……。

「ねえ、ひとつだけ聞いてもいいかしら」

膝小僧をまた少しずらして、先輩はかなり真面目(まじめ)な口調になった。

ビール二杯のおかげで、度胸が据わったらしい。亮太はそう感じた。

「その前に、ぼくからお話ししたいことがあります」

グラスをテーブルに戻して亮太は、太腿の上で握り拳(こぶし)を作った。

「なあに？　そんなに怖い顔をしないでちょうだい。わたし、なにか悪いことをしたのかしら」

「いいえ、悪いことではなく、高校時代から、ぼくの胸の中にじっと詰めこんでおいたぼくの男の感情が、先輩を目の前にして、ビールを呑んだら、急に、もくもくっと顔を覗かせてきたんです」

「あなたの感情……、って、どういうこと？」

「はい、W大学の野球部の練習は、六大学でも屈指の厳しさで、入部しても、すぐやめていく学生が多いんです」

「そうでしょうね。だから、あなたの大学は何回も、リーグ戦で優勝するのでしょう」

「それこそ、血反吐(ちへど)が出そうな練習にも耐えて、卒業するまで必ずレギュラーを取ってやろうとがんばれるのは、あの、ぼくの胸のどこかにいつも、富澤百合さんという憧れの先輩がいたからだと、ぼくは今、はっきり気づいたのです」

「わたしが？」

「なにかの支えがなかったら、あれほどきつい練習にはついていけません。仲間の何人かは、プロ野球のドラフトにかかることを夢見て練習に励んでいます。でもぼくは、プロ野球はテレビ観戦するだけで充分で、プロのプレイヤーになる野望なんて、爪の垢ほどもありません」

「そうだとしたら、あなたの心の支えになっていたのは、わたし、ということ？」

「はい。そうです。迷惑ですか」

先輩の長い睫毛がぴくりと震えて、瞼を伏せた。

そしてあわてふためいた様子で、めくれたミニスカートの裾を、引っぱった。

肩で息をしているような。指先をもじもじさせながら。

「わたしは普通の女よ。六大学野球のレギュラー選手になろうと努力している男性の、心の支えになるほど、立派な女じゃありません」

ひと言ひと言を慎重に選びながら、先輩は言葉を紡いだ。

「支えになるかどうかは、ぼくが決めることです。ぼくはじいちゃんに教えられました。日本人がまだ髷を結っていたころ、五島に住んでいた人々は、隠れキリシタンとして、呼吸を詰め、身をひそめていた。その人たちは戦国大名の厳しい弾圧を受けながらも、キリスト様、マリア様の教えを信仰し、懸命に生きのびていた。でも、島の人々はキリスト様やマリア様の許可を得て、キリスト教を心の支えとしていたわけじゃないでしょう」

一気にしゃべりまくった亮太は、グラスの底にちょっぴり残っていたビールをすすった。生ぬるくなって、おいしくもなんともないが、先輩の視線にじっと見守られているという緊張したシチュエーションが、亮太の男の気分をどんどん昂めていく。

「ぼくの言いたいことは、それだけです。わかってもらえたら、ぼくはとてもうれしいんです。誰がなんと言おうと、先輩はぼくの心の支えだったんですから。で、先輩はぼくになにを聞きたいんですか。ここまで白状してしまったんですから、ぼくは真っ正直にお答えします」

先輩は口を閉ざしたまま、身動きもしなくなった。なにかを一生懸命考えているふうだ。

長い沈黙が流れた。

　窓の外は、すでに暗闇に没している。耳が痛くなるほどの静寂がつづく。

「あなたの話を聞いていたら、わたし、急に恥ずかしくなって、質問できなくなったわ」

　しばらくの時間をおいて先輩は、ぽつりと短い言葉をもらした。

「先輩はずるいです。とても大事そうな話を、トバ口だけもらして、もう口が利けませんなんて、発言を拒否されたら、今夜、ぼくは眠れなくなります」

　亮太にしては珍しく、反抗的な言葉が出た。

　またしても先輩の唇は、固く閉ざされた。

　斜め横から見る先輩の唇は、ほんの少し厚ぼったく、薄く塗ったらしい桜色の口紅が濡れて光っているように見えた。

　先輩が黙っているんだったら、自分も黙っている。口は利かない。根比べしてやると亮太は、少し丸まっていた背中を、まっすぐ立てなおした。

「下品な女って、軽蔑（けいべつ）しないでくださいね」

　やっと口を開いた先輩は、下目づかいで亮太の顔に、視線を戻した。

「先輩のことを軽蔑するなんて、ぼくには到底できません。あの……、もしもですよ、先輩がぼくらに内緒で結婚されていても、ぼくの一念は消えません。だってマリア様はご主人がいないのに、キリスト様を生誕させたのですから」

自分の理屈に大いなる齟齬があっても、亮太は決然と言い放った。

先輩の頬に、小さな痙攣が奔った。

「わたしはまだ二十二歳よ。結婚なんか、していません」

「それじゃ、ぼくに聞きたいことって、なんですか。早く言ってください。ものすごく気になります」

「それじゃ、あのね、気を悪くしないで聞いてくださるわね」

「もちろんです。先輩の声は、マリア様の教えと一緒ですから」

「そんなに、むずかしい話じゃないのよ。畠山君には、仲のよいガールフレンドがいらっしゃるのか、どうか。そのことを、聞きたかったの」

まさに、拍子抜け。

野球部の仲間には、こっそり彼女を作っている奴もいたけれど、大多数は猛練習に明け暮れて、恋人を作る時間も体力もない。練習後は毎日、夕食が終わると、すぐさま部屋に戻って、爆睡する。翌朝までだ。

亮太とて同じで、恋人を作る時間があったら、軀を休め、翌日の練習に備える日々がつづいている。

それになにより、たまには女の人と遊びたいなと考えると、富澤先輩の姿がぼんやりと浮きあがってきて、なにをけしからんことを考えているのだと、己を強く戒めた。

「そんな人、一人もいません。ほんとうです。ぼくの憧れの女性は富澤百合さん一人だけですから、ほかの女の人に気をまわすことなんか、考えたこともなかったんです」

はっとした。

先輩のお臀がソファをすべって、二人の空間を詰めてきたからだ。

「そんなにわたしのことを、想ってくれていたの？」

「ときどき、忘れることもあります。練習が厳しすぎて、泥のように眠ってしまうこともありましたから」

「ねえ、それじゃ、こんなことまで聞いていいのかしら？」

「なんでも聞いてください。憧れの先輩に対して、口先だけの、でたらめな話はできません」

「それじゃ、思いきってお聞きするわ。あのね、あなたは女性と仲よく接したことはないんですか。だって、東京にはいろんな女性が、たくさんいらっしゃるんでしょう」

「ときどき、仲間に誘われます。お前、溜まっているだろう。さっさと放出したほうが、さっぱりするぞ、なんて」

「それはプロの女性のこと？」

「はい。新宿とか池袋のネオン街には、それ相応のお金を払うと、簡単に戯べる場所がたくさんあります」

「あなたは行かないの？」

「そういう場所で働いている女性を軽蔑するつもりは毛頭ありませんが、ぼくは、あの、自分の軀を大事にしたいと思っているんです。見栄を張っているわけじゃありませんけれど」

「でも、女性の肌が恋しくなることもあるでしょう。あなたは二十歳になって、とても立派な体格をなさっている男性なんですもの」

どのように答えるのがいいのか。

亮太はしばらく考えた。

ウソをついてはいけない。それに、でたらめな話をしたら、すぐに見破られる。先輩の頭脳は優秀だった。

「健康に育った男は、いつの間にか、性欲が芽生えてくるんですね。ぼくだって同じです。ちょっと下品に表現すると、やりたいな……、っていう気持ちが、むらむら湧いてくるんです」

「やりたい？」

「はい。具体的に言いますと、自然と体内に溜まってくる男のエキス——、正しい表現は精液と言いますが、そいつを勢いよく放出させてしまいたい、というような気分になるんです」

「その気持ちが男性の性欲なの？」

「だと思います。むらむらしてきて、眠れなくなくて、全身がかっかとほてってきて、寝返りばかり打って、すごく辛いんです。男の軀って、面倒にできているんだなとわかったのは、高校を卒業した直後だったような気がします」

「そんなとき、畠山君はどんな方法で、軀の辛さを解放させてあげるんですか」

「誰に教えられたわけでもないのに、この気分の重っ苦しさを解き放ってやるには、女性の軀が必要だと考えるようになりました」

「プロフェッショナルな女性ということ？」

「誘惑にかられます。でもぼくは、さっきも言いましたけれど、自分の軀は大事にしたいと、ずっと考えていましたから、トイレに行って、おしっこをするような排泄の仕方は、絶対やりたくなと、歯を食いしばって我慢しました」

どこから、こんな話になってしまったのだ？　言葉を継ぎながら亮太は、できるだけ早急に、この話の結論をつけたいと思った。

「女のわたしにはよくわからないわ。でも、我慢をしているのって、辛いんでしょう」

「はい、ものすごく、です。それで、あの、ぼくは自分の指を助っ人に頼みました。助走も必要ですから、週刊誌のヌード写真とか、その筋のビデオを借りてきて、視覚に刺激を与えてやるのです」

「まあ、ヌード写真を！」

「はい。写真やビデオだったら、誰にも迷惑がかかりません」

喉がからからに渇いていた。

くだらない話をするようになって、昂奮している。あわてて亮太は、髪を短く刈った頭を、ぼりぼり掻(か)いた。少なくとも憧れの先輩に、打ち明ける内容ではなかった。

「ヌード写真を見ていると、昂奮するのね」

この話はもうおしまいにしようと考えているのに、先輩の問いかけはどんどんしつこくなっていく。

「コンビニで売っている週刊誌のグラビアは、かなり際どいですし、ビデオはものすごくリアルなんですよ。一度だけ、友人が貸してくれました。その、無修正のビデオを」

「えっ、無修正、って？」

「一般のレンタル・ビデオは、肝心な部分にモザイクをかけたりして、見えなくしてあります」

「ねっ、ねっ、肝心な部分って、それは男の人と女の人が、あの、つながっているところ、とか？」

あーっ、困った。どのように説明したらいいのか、ますますわからなくなってくる。しかし亮太は、心のどこかでほっと安心した。先輩はふたつ歳上で、自分よりずっと知識豊富と思っていたのに、なにも知らない。

先輩の問いかけには、できるだけ正しく、詳しく説明するのが後輩の忠誠心だと、亮太はしっかり自分に言いきかせた。

「すごいんですよ。丸写しですから。赤裸々というのでしょうか。ぼくは思いました。撮るほうも、撮られるほうも、ものすごく大変な仕事だな、って。そのビデオを観て、よーく理解しました。人間の性行為は迫力がある。だって、目を見張るほど大きくなった男の人の肉が、女の人の、その、肉の裂け目に、ずぶずぶっと埋まっていくんです。痛そうなのに、女の人はうれしそうな悲鳴をあげました。もちろんプロの俳優さんなんでしょうが、ほんとうに気持ちよさそうな顔をしていたんです。普通の芝居じゃないんです。丸裸なんです。でも、あの力感溢れるパフォーマンスは、ぼくも見習いたいと思いました」

あーっ、ぼくはだめな男だ。

先輩相手に、なぜこれほど細かな説明をしてしまったのだと、自分を責めた。お酒を呑みながら、練習の苦しみとか愉しさでも伝えようと思っていたのに、話はとんでもない方向にずれていく。

あっ、まずい。先輩の背中が丸まっていた。肩のまわりが少し震えている。顔は伏せたままになって。

ごめんなさい。変な話をしてしまいました。お酒が入るとぼくは、冷静さが欠けてしまうだらしのない男になってしまうみたいです。素直に詫びを入れて亮太は、先輩よりもっと深く頭を下げた。

「ねえ、畠山君……」

顔を伏せたまま先輩は、蚊の鳴くような小さな声をもらした。

「は、はい、なんですか。もう、この話はやめましょう。ほんとうに久しぶりに、それこそ偶然、フェリーでお会いして、ぼくは有頂天になっていたようです。許してください」

「ううん、いいのよ。畠山君の経験談はわたしにも、いい勉強になるわ。こんなお話は、心を許した者同士じゃないとできないでしょう」

亮太の顔はいきなり、びくんと跳ね起きた。

「先輩はぼくに、心を許してくれているんですか」

問いかえした。

たった今まで、富澤先輩に対する熱い想いは、自分からの一方通行だとあきらめていたのに。

ようするに、典型的な片想い。

やや大きくなった亮太の声に、丸まっていた先輩の背中が、少しずつ起きあがった。

二人の視線が、至近距離でぶつかった。

亮太の目には、先輩の大きな瞳が、ほんのりと赤く染まったように映った。

「心を許していなかったら、両親が留守にしている家に、それもこんな遅い時間に、お招きしません。あなたはとっても大きな軀に成長して、わたしがいくら先輩風を吹かせても、力勝負になったら、必ず負けしてしまうでしょう。この男性だったら、なんにも心配することはないと、安心しているんです。あなたに心を許している、なによりの証拠でしょう」

「ありがとうございます。ぼくは今、先輩から百人力のパワーをもらったようで、軀中のアドレナリンが爆発しているんです」

「ですからね、これからはわたしのことを、先輩と呼ばないで。心を許した者同士に、先輩も後輩もないんです」

「それは困ります。先輩は先輩で、まさか百合さんなんて、厚かましく呼ぶことはできません」

黙って先輩は、新しいビールの栓を抜いて、空になったグラスに注いだ。白い泡が溢れそうになる。

そのときいきなり先輩は、ビールを並々と注いだグラスを手にして、ごくりと呑んだ。白い泡が先輩の唇にちょっぴりくっついた。その泡を拭こうともしないで先輩は言った。

「さあ、このビールを呑んでちょうだい」

「えっ、このビールを、ですか」

亮太の目は、あわてまくってグラスと先輩の唇を往復した。

これは間違いなく、間接キスだ！　契りの盃かもしれない。先輩はぼくと間接キスをしたがっている。先輩の顔をじっと見すえて、亮太はそう理解した。

日本は今でも、濃厚接触を避けるようにと注意喚起をしているが、そんなお触れなど、どうでもいい。

先輩が心変わりしないうちに、実行に移すべきなのだ。

「いただきます！」

大きな声で答え、亮太は呑みかけのグラスをもらって、その淵に唇を寄せた。

なんとなく甘く感じる匂いに、鼻がくすぐられた。たった今、このグラスの淵に、先輩の唇が接触したのだ。そのせいか、口に入れたビールがむちゃくちゃおいしい。爽やかな味なのだ。

感情の起伏は、人間の味覚まで変えることを、亮太は二十歳になって、初めて教えられた。

「だめ、全部、呑んだらだめよ。少し残してちょうだい。残りはわたしがいただきます」

脳天がかーっとのぼせていくような感動を、亮太は覚えた。

先輩もぼくとの間接キスを求めている。まだ少しビールが残っているグラスを、先輩に戻す。目を細めて先輩は、グラスの淵に唇を寄せたのだった。

ビールを呑んでいる先輩の口元を見つめながら亮太は、舌なめずりをした。ほんの少し残っていたビールをひと息に呑んだ先輩の目元に、それは満足そうな笑みが浮いたからだ。

「ほんとうに、おいしかったわ。あのね、あなたの味がビールに残っていたんですよ」

「変な味でしたか」

「いやな味だったら、全部呑みません」

また少し赤みが増したような先輩の大きな瞳に、ふにゃふにゃになった自分の軀が、すーっと吸いこまれていく。亮太はそんな幸せ感に陥(おち)いった。

一杯のビールを同じグラスで呑んだという、たったそれだけの現実が、先輩と後輩の間に立ちはだかっていた鉄壁の上下関係を、音を立てて崩していく。亮太は実感した。

「今夜はぼくの、ビッグメモリー・デーになりました。一生、忘れません」

「それほど大げさに考えないでちょうだい。でもね、わたしだって初めてよ、ひとつのグラスで、ビールを呑みっこするなんて。だから、これからわたしのことを、先輩！　なんて言わないで、名前で呼んでちょうだい。ただし、二人っきりのときだけよ」

先輩の瞼がいたずらっぽく、ぱちぱちっとまたたいた。

とても大きな意味をこめたウインクだ。亮太は素直に、そう考えた。

「呼びなれませんから、どもっても許してください。百合さんなんて、そう簡単に口から出てきそうもありません」

「約束よ。それじゃ、ね、話を戻してもいいでしょう」

「えっ、話を戻す、って？」

「わたしだって、興味があるの。あなたのように立派な体格をした男性が、ヌード写真やビデオを観たあと、どうするのか」

「それって、ぼくをいじめているんですね」

「ううん、いじめじゃないわ。わたしが大好きになった男性が、どんなふうにして、体内に溜まった男性のエネルギーを放出しているのか。なにも知らないわたしからしたら、不思議の世界ですもの」

先輩は大真面目ふうに話をつづけているけれど、やっぱり女の人の野次馬根性が混じっているのかもしれないと、亮太は警戒した。

「先輩、いえ、違いました、百合さんは、そんなことに興味があるんですか」

「だって、そのとき、あなたは真剣なんでしょう」

「もちろんです。写真やビデオを観て、発射準備が整ったら、瞑目します。さあ、勢いよく出ていけ、って」

「そのときは、お指で？」

「友だちが教えてくれました。自動的に出す器具があるそうですが、指のほうが簡単です。出すだけなんですから」

先輩の目は間違いなく、亮太の股間に向いた。こくんと喉を鳴らす。

「気持ちいいんでしょう、そのときは」

「股の間の底のほうに、つーんとした刺激が奔って、びゅびゅっと噴き出ていきます。瞬間、ぼーっとのぼせていくんです。男って、変な動物ですね。気持ちいいのは、たった二秒か三秒ですよ。その快感を得るために、ものすごい努力を払っているようですから」

先輩はまた、新しいビールをグラスに注いだ。

ずいぶんお酒が好きなんだ。感心して亮太は見守ったが、今夜の自分もアルコールに強くなっている。まるで酔ってこない。眠くもならないし。

「ねえ、わたし少し酔ったみたい。お散歩をしましょうか。家の裏手は畑になっていて、あなたと二人で歩きたくなったの」

「外は寒くなりましたよ」

「二人で歩いたら、寒さなんか、吹き飛んでしまうでしょう」

亮太が返事をしないうちに、先輩はよろっと立ちあがった。

足元が危なっかしい。

あわてて亮太は先輩の腕を取った。

ふらついた足取りで玄関まで歩いた先輩は、ミュールを履いた。亮太はあとにつづく。

少し欠けているが、青白い月が、群青色に染まった夜空に美しく輝いている。

今夜は一段と鮮やかに。

先輩の手が、腕に巻きついてきた。胸を寄せつけ、しっかりと握りしめてくる。かなり広々とした畑に、もちろん人影はない。

亮太は声をかけたくなった。二の腕の裏側に肉の膨らみが重なってきた。先輩の乳房だ。間違いない。もふもふのセーター越しでも、肉の厚みがじんわりと伝わってくる。

生まれて初めて感じる女性の肉体は、電流の速さで亮太の全身を駆けめぐった。ヌード写真やビデオでは、何度も目にした乳房の盛りあがりだったが、そこに人肌のぬくもりはなかった。が、今は確かに、先輩のあたたかみが、もろに伝わってくる。

しかもその膨らみは、とても柔らかそうにうねるのだ。

つい数秒前、青白く、美しく輝いて見えた月の輪郭が、ぼやけてくる。大好きな女性の乳房を感じると、視神経が鈍くなって、あたりの景色がゆがんで見えるのかもしれない。

亮太にとっては初めての経験だった。

が、亮太は勇気を奮い起こした。これほどムーディな雰囲気にあるときは、男の根性を見せなくてはならない。野球で鍛えている軀ではないか。引っ込み思案なっていたら、先輩に嗤われる。

「あの、先輩……、いえ、また間違いました。ぼくは、百合さんに申し込みたいことがあるんです」

足を止めた先輩の目が、斜め下から覗いてきた。

「もしかしたら、わたしもあなたと同じことを考えていたかもしれない」

「ぼくのお願いは、少し危ないことです」

「こんなときは、少し危ないほうが愉しいかもしれないわ。ほら、お月様に住んでいるウサギさんも、二人で助けあって、勉強しなさいって、応援してくれているようよ」

そうなんだ！　亮太は月に向かって顔を上げた。

近代社会の人間は余計なことをしてくれる。ちょっとばかり知恵があると勘違いして、大金をかけ、ロケットを打ちあげ、月の砂を採取してきたと威張っている。自分が生まれたそれよりずっと昔、有人ロケットは月に軟着陸して、国旗を立ててきたとか。

大騒ぎをして月の砂をドロボーしても、なんの役にも立ちそうもない。なんでも欲しがる欲張り人間の中には、あの月の土地はおれのものだと、ミサイルをぶっ放す愚か者がいるかもしれない。

お月様にはウサギがいて、餅を搗いているという昔話が、一番平和なのだ。だいいち、夢がある。

「ウサギに見られていても、平気ですか」

平常心に戻して、亮太は先輩に尋ねた。

「今夜はわたしたちのメモリアル・デーでしょう。お友だちにはまだ内緒にしておきたいのよ。でも、ウサギさんには、見せつけてあげましょうよ」

もう言葉はいらない。蛮勇が奮い立った。

黙ったまま亮太は、両手で柔らかく、先輩の背中を抱きくるめた。指先がひどく震える。仕方がない。美しい女性を抱くなんて、初めてのことだから。

先輩の軀は、頼りないほど細っこい。

が、反射的に先輩の両手が、亮太の首筋に巻きついた。身長差は二十センチ近くありそうだけれど、つま先立った先輩の全身が、自分の胸板を目がけて、のめり込んできたような感覚に、亮太は浸った。

（ぼくは幸せ者だ）

無我夢中に亮太は、抱きしめた。粉々にしたいほど強く抱きとめたい。

先輩の全身が波打ってくる。

「ぼく、あの……、いいですか」

亮太の声はかすれた。

「ねっ、こんなとき、言葉はいらないの。あなたの好きにしてちょうだい。今のわたしは、あなたのすることなら、喜んで、なんでも受けいれられるわ」

亮太の首に巻きついていた先輩の両手に、さらに強い力が加わった。

じっと見あげてくる先輩の唇を目がけて亮太は、顔を沈めた。

うっ。亮太の喉が鳴った。

亮太にとってのファースト・キスだった。

重なった二人の唇に、震えが奔る。

はっとした。先輩の舌が、亮太の唇を割ってきたからだ。

亮太は夢中になって、吸った。甘いような、苦いような。味がどうであれ、舌に染みてくるのは、先輩の唾だ。一滴も残してはならない。亮太は吸いつづける。

舌が粘りあう。先輩の舌はものすごく柔らかい。溶けてしまいそうなほど。

あっ！　亮太は声をあげそうになった。いつの間にか、男の肉が膨らんで、先輩の下半身を押しこねていたのだ。

あわてふためいて亮太は、唇を離し、腰を引いた。

とんでもないことをやらかしてしまった。

が、先輩は股間を押しかえしてきた。

猛烈な勢いでそそり勃った男の肉の裏側を、探るような腰つきで。

二人の呼吸が荒くなる。息も絶え絶えになって。

やっと二人の唇が離れた。亮太は舌なめずりをした。唇のまわりにくっついている先輩の唾を、捨てるわけにはいかない。

「ほんとうのことを言うと、こんなことをするの、わたしも初めてなのよ。男性に抱きすくめられ、こんなに甘いキスをした、の」

先輩の声がかすれた。

「それじゃ、ぼくと同じで、百合さんも恋人がいなかったんですね」

「世界中にコロナが蔓延して、濃厚接触は禁止ですって、保健所の所長さんに命令されたのは、二年前でしょう。それからは、ものすごく忙しくなって、恋愛どころじゃなかった」

「知りませんでした。ほんとうにごめんなさい」

「なにが？」

「ぼくもキスをするのは初めてだったんです。下手くそだったと思います。唇が震えて、百合さんの舌を嚙みそうになりましたから」

「ううん、とっても素敵だったわ。でも、驚いたの、あなたの、あの、お肉が急に、もくもくっと大きくなって、わたしのお腹を、ものすごい力で、押してきたのよ」

「驚かせて、すみません。こいつは、ぼくの言うことを、全然聞いてくれないんです。いったん膨張しはじめると、止まらないんです。わがままで、自分勝手にでっかくなっていくんですから」

「それは、わたしのことを大切な女って、想ってくれているからでしょう」

「でも、礼儀があります。急にでかくなったりしたら、百合さんだって、びっくりするでしょう。こいつは自立性が強すぎるんです。静かにしていろと命令しても、ぼくのいうことを聞いてくれません」

「こんなこと、わたしだって、初めての経験よ。でもね、とってもうれしいの。あなたは大きな軀のあっちこっちを全部つかって、わたしのことを愛してくれているんですもの」

勃ちあがった男の肉から、力が抜けていかない。ズボンの前を威勢よく膨らませ、ブリーフの内側に、気持ちの悪いねばねばがくっついているようにも感じてきた。

「ぼくはほんとうに、百合さんが大好きです。でも、女の人を抱いた経験が一回もなかったので、こんなときはどうしたらいいのか、皆目、わからないんです。ごめんなさい」

亮太は素直に謝った。

「お部屋に戻りましょう。そうだわ、ねっ、お願い、お部屋まで抱っこしていってちょうだい。今ね、急に、思いっきり甘えたくなったの、あなたに」

抱っこ？　そんなことは簡単なことだけれど、どんな形で抱っこすればいいのだ？　亮太は数秒、迷った。しかし答えはすぐに出た。

ばあちゃんが腰を痛めたとき、車に乗せるまで横抱きにしてあげた。

ひょいと腰を屈めて亮太は、左手を彼女の背中にまわし、右手で太腿の裏側を支えた。軽々と抱きあげる。

「あーっ、すばらしいわ。素敵よ。だって、ねっ、わたしの軀がふわっと宙に浮きあがったように感じになって」

「百合さんは、軽いんですね」

「あなたが力持ちなの。これでもわたしの体重は、四十七キロもあるんですからね。太っているほうでしょう」

無邪気そうな先輩の顔が、月明かりに照らし出された。

フェリーで会ったときの表情と、今の顔つきは全然違う。目が和(なご)んでいる。きれいな山形を描いていた唇が、少しゆるんでいる。すっかり力が抜けてしまったような両手を、だらんと垂らしている。

「もう少し、歩きたくなりました。それとも寒いですか」

「ううん、全然。だって、あなたの胸や手のひらから温かさが伝わってくるのよ。まるで、カイロを当ててもらっているみたい」

「今、ぼくは幸せの絶頂なんです。全身に力が漲(みなぎ)ってきて。だから、軀に熱がこもっているんです」

先輩の手がふいに伸びてきて、頬を撫でていった。体温を盗みとっていくような手つきだ。

「わたしも同じよ。でもね、わたし今、一生懸命、自分にブレーキを掛けているの。ものすごく昂ぶっていく感情を、そのまま行動に移したら、もしかしたら、失敗するかもしれない、って」

「えっ、それは、どういうことですか」

「わたしもあなたも……、これから先のことは未体験ゾーンでしょう。二人とも、なにも知らないわ。無鉄砲に先を急いだら、大きな石につまずいて転ぶかもしれない。二人の気持ちを大切に育てていきたいの。わたしの言っていること、わかってくれるわね」

「はい。でも、あの、ぼくはものすごく困っているんです」

「わたしが重くなってきたとか？」

「そんなことじゃありません。ちょっと、お腹が痛くなってきたんです。下腹が張ってきて」

「ビールの呑みすぎ、とか？　わたしはこれでも保健師よ」

「違います。たった今、百合さんのお腹を押した奴が、全然小さくなってくれないんです」

「そうだったの。そんなに痛いの？」

「はい」

「どうしましょうか」

「ぼく、急いで家に帰って、出してやります。出してしまうとすっきりして、お腹の痛さも、ウソのように消えます。今夜は特別です。百合さんとキスをして、それから今は、お姫様抱っこをしているでしょう。百合さんの甘い匂いに刺激されて、ますます元気潑剌になっていくんです」

「それは、ねっ、お家(うち)に帰らないと、できなこと?」

「畑の真ん中では、できません」

先輩の顔が、ふわりと肩口に埋もれた。

セーターの網目を通して漂ってくる先輩の、ピーチに似た体臭が鼻に入りこんで、男の肉はますますいきり勃っていく。

根元のあたりに、強い脈が奔ったりして。

「わかったわ。大きくなったのは、わたしの責任もあるわ。二人で協力して、お腹の痛みを取ってしまいしょう」

ええっ！　二人で協力するって、なにを?

亮太はまごついた。

「でも、家に帰らせてください。できるだけ速やかに始末をして、すぐ戻ってきます。今夜は百合さん一人なんでしょう。百合さんが眠くなるまで、お付き合いします」

「ううん、わたしのお部屋に行きましょう。ベッドがあります。そこで出しなさい。わたしのお部屋には、写真とかビデオはありませんけれど、少しくらいだったら、わたしだって、お手伝いできるかもしれない」

ちょ、ちょっと待ってください。先輩はなにを考えているんですか。自分の指で始末してやるときは、孤独の作業が、もっとも効果的なんです。先輩の部屋でズボンとパンツを脱いで、できることではありません。

強く断りたくなった。

それに、先輩はたった今、言った。協力してあげます、と。どんなふうな形で協力してもらうのか、その図がさっぱり浮かんでこない。

「さ、早くお部屋に行きましょう。お腹が痛いんでしょう。わたしもできるだけのことはやってみるわ」

否応なしにせっつかれた。

高校時代から、後輩は先輩の命令に従うのが、慣例になっていた。

先輩を横抱きしている亮太の足元は、間違いなくふらついた。

第二章　出戻りお姉さんの性講座

外の寒さとは比べようもないほど、ぬくもりのある部屋だった。

室内にこもっていた女の人の甘い匂いに、畠山亮太は噎せそうになる。

富澤先輩の部屋に一歩足を踏みいれて、亮太は両手に先輩を抱っこしていることも忘れて、室内を見まわした。こんな細っこい女の人が一人で寝るベッドにしては、でかい。

淡いブルーの分厚そうなカーテンが、部屋全体を明るくしている。テーブルにはデスクトップの大型パソコンが置かれ、先輩がこの部屋でも仕事をしているらしいことを教えてくれる。

「下ろしてちょうだい」

先輩の声が耳たぶのすぐそばから聞こえて亮太は、あわてて両手に抱きかかえていた先輩を、そろりとベッドに下ろした。

「明るすぎるわね」

独り言のようにつぶやいて先輩は、天井の蛍光灯を消し、ベッドサイドに置いてあったスタンドの豆電球を灯した。オレンジ色の淡い明かりが、ベッドのまわりをぼんやりと浮きあがらせた。

「さあ、ベッドに寝てください。遠慮しなくてもいいのよ。島に戻ってきた夜、わたしが使っているベッドです。このベッドに男の人が寝るのは、初めてなの」

説明されて亮太は、足がすくんだ。

畏れ多い。

見るからに清潔そうな先輩のベッドに初乗りする男が、自分のような厳つい後輩でいいのか、と。

「ベッドに寝て、なにをするんですか」

亮太はベッドの脇に立ちすくんだ。

「お腹が痛いんでしょう。それとも、もう、治ったとか？」

聞かれて亮太は、あわてふためいてズボンの前に手のひらを当てた。

ずいぶん長い時間、勃たせたままでいたせいか、神経が麻痺して、いくぶん痛みは治まっているが、ズボンを盛りあげる力に変わりはない。

亮太は途方に暮れた。

さっぱりと出してやりたいことは山々だけれど、そのためには、ズボンとブリーフを脱がなくてはならない。高校時代から憧れていた先輩の前で、そんなはしたないことは、絶対できない。

部屋に来て、その思いはさらに強くなった。

(トイレを貸してもらおうか)

亮太は真面目に考えた。

「さあ、早くお脱ぎなさい。こんなに暗いんですから、恥ずかしくないでしょう」

いくら先輩の命令でも、それは殺生(せっしょう)というものです。

痛さを通りこすほど、力を漲らせている男の肉は、ぎんぎんに勃ちあがっている。こんなに暗いんですから、なんて優しく説明されても、先輩のきれいな顔も、胸の膨らみも、すらっと伸びる足も、全部見えている。

ズボンとブリーフを脱いだら、すべてが丸見えになる。

「あの、先輩はそこにいるんですか」

亮太はこわごわ聞いた。

「ああん、また先輩と呼んだわね。そんな他人行儀の呼び方をするから、恥ずかしくなるのよ。わたしたちは、ついさっき、とっても甘くて、エキサイトなキスをしたでしょう。わたしのことを愛しているって、あなたは、はっきり告白してくれたわ。とってもうれしかった。それなのに、今、あなたの心のどこかに羞恥(しゅうち)心(しん)があるのは、わたしを愛してくれる気持ちに、偽りがあったと、わたし、疑います」

　これほど緊急を要する時間に、そんなむずかしい理屈をこねないでください。なんの気兼ねもなくブリーフを脱ぐのは、シャワーを浴びるとき、トイレの中、自分一人で排出作業を行うときくらいで、憧れの先輩の視線をまともに感じる場所で、それでは脱がせていただきます、なんていう勇気は、まるで湧いてこない。

　野球にたとえると、九回の裏、二死満塁で代打に指名され、バッターボックスに向かうより、はるかに緊張する。

「わかりました。脱ぎます。でも、驚かないでください。ぼくの肉は、めちゃくちゃ大きくなっている上、昂奮が極限に達すると、ねばねばの汁が筒先から滲(にじ)み出て、あっちこっちを汚すんです」

「心配しないで。わたしは保健所でお仕事をしている保健師で、介護のお仕事もしているのよ。お年寄りのお世話をするときは、おむつを脱がすこともありますからね」

得意そうに言った先輩の顔を、亮太はつい、じろりと睨(にら)んだ。

冗談を言わないでください。おむつを着用する老人とぼくを、同一視されては困ります。ぼくは、ぎんぎんなんです。長さも太さも違うはずです。

しかし、まったく力が抜けていかない男の肉を、優しくなだめてやる方法は、漲りの源泉を放流するしかない。笑われたって、驚かれたって、今となっては、ブリーフを脱いで作業に取りかかるしかないのだ。

あきらめ切ってか、それとも腹を据えたかのどちらかで、亮太はベッドに上がって、尻を落とし、ズボンのベルトをほどいた。ここまでやったら、あとはやけくそ。両足を高く掲げ、ブリーフもろともズボンを引きおろした。

なんだか、つまんない。

足首からズボンを引きぬきながら先輩の様子を、ちらっと見たが、まったくの無反応で、腕を組んだまま、事の成りゆきを静観しているふうなのだ。

思い出した。

高校時代、ダッグアウトの前で腕を組んで、下級生の練習をじっと見守っていた先輩の姿を。グラウンドを何周か走って、へろへろになってダッグアウトに戻ってくると、血も涙もないような先輩の号令が飛んだ。もう一周！　と。

が、亮太はそんな先輩の姿勢が、大好きだった。先輩の叱咤は後輩に対する愛の鞭だと考えて。

そのときの先輩の姿に似ている。

もしかしたら、上着も脱ぎなさいと先輩は、大きな声を発するかもしれない。

先輩の命令だったら、脱いでやる。

しかし先輩はじっと立ちすくんだまま、ひと言も発さない。

「あの……、始めます。でも、あの、バスタオルを二枚貸してください」

亮太の声に、先輩の表情がちょっとだけゆるんだ。

「バスタオルを？　シャワーを浴びるとか？」

真面目に聞かれて亮太は、また困った。

パステルピンクのかわいらしいカバーを掛けた毛布に、おぞましいシミをつけてはならない。

「百合さんは知らないでしょうが、飛び散ることがあるんです。今のぼくはかなり長い時間、我慢して、留め置いたものですから、勢いよく噴きあがるかもしれません」

「噴きあがる？」

「はい。最大飛距離は、三十数センチくらいのときもあります。予防しておかないと、きれいな毛布を汚してしまいます」

それまで、突っ立ったままでいた先輩の足が、壁に沿って置かれていた整理タンスに向かって、よたよたと走った。一番下の引き出しから、真っ白なバスタオルを二枚取り出して戻ってくる。

仰向けに寝ている亮太の真横にバスタオルを置いた先輩の手が、なにかを思いつめたように唇を押さえ、じっと見すえてきたのだ。先輩の視線の先は、剝き出しになった亮太の股間。

はち切れそうなほど膨張した男の肉は、下腹に沿って伸びあがり、恥じらいのかけらもなく、裏筋を見せつけていた。

「元気なのね。びっくりするほど大きくなって」

先輩の声がくぐもった。

「こんな不細工な形になったものですから、百合さんのお腹を押しこねてしまったんです。一旦、元気になると、なかなか元の形に戻ってくれなくて、困ってしまうんです」

先輩は急にかいがいしくなった。

ベッドに上がって膝をつき、二枚のバスタオルを、亮太の真横に敷きはじめた。そんなことをしながらも、ちらりちらりと、亮太の下半身を横目で追ってくる。もうやるしかないのだ。

亮太は添い寝の形になった。男の肉がゆらりと、上下にしなった。

「百合さんは、そこにいるんですか」

答えがない。

が、そのとき亮太はどきんとした。横座りになった先輩のスカートの裾が深く割れ、太腿の途中まで覗けたからだ。が、小さな豆電球の薄い明かりは、奥のほうまで届かない。薄暗がり。

視覚に刺激を受けた男の肉の先端から、二滴、三滴の男の汁がじわりと滲んで、男の肉の先端を濡らしていく。ヌード写真やビデオの比ではない。生あたたかい肌の匂いまで吹きもれてくる。

「始めます」

息を荒くして亮太は宣言した。

右手の指を、男の筒に巻きつける。いつもより太い。亮太はそう感じた。その上、筒のまわりに強い脈を奔らせる。ずきんずきん、と。

二十回もしごいてやれば、びゅびゅっと噴き出ていく。股間の奥がかーっと熱くなって、噴射の予兆を教えてくれるのだ。

「ねっ、畠山君……、ううん、亮太さん、わたしにも手伝わせて」

先輩は確かにそう言った。

手伝うって、なにを？

一瞬、指の動きを止めて亮太は考えた。

自家発電を効果的に手伝ってもらう手段は、なにがあるのか、と。

なかなか答えが出てこない。

「あなたは逞しいの。男性の肉体を見るのは、もちろん初めてよ。それがものすごく、雄々しいの。うまく言えないけれど、見せてもらうだけじゃなくて、さわってみたくなるのね。だって、きれいなんですもの」

ええっ、さわる！

亮太はただちに、作業を中止したくなった。

「汚いんです。ほら濡れているでしょう。青くさい匂いもするんです。百合さんのきれいな手で、さわるところじゃありません」

「汚くなんか、ないわ。それともわたしがさわったら、困るとか。わたしのせいで出なくなったら、お腹の痛いのが治らないでしょうしね」

うーん、困った。

本心から亮太は悩んだ。どこでもいいから、さわってほしい。それが本音だ。噴射の勢いは倍加する。亮太は確信する。

「指が濡れても構いませんか。ぬるぬるなんです。男の淫語で、このぬるぬるのことを、我慢汁と言うんです。毒性はありませんが、きっと気持ち悪いはずです」

今すぐにでも噴射しそうな危険を顧みないで亮太は、必死に説明した。

「ううん、大丈夫。ぬるぬるでも、あなたのお腹から出てきた体液でしょう。気持ち悪くなりません」

もう、止めることはできない。

先輩がどう感じようと、自己責任の範疇だ。

「それでは、筒先の小さな窪みのまわりを、そろっと撫でてみてください。乱暴をしてはいけません」

高校を卒業したころ覚えた自慰は、亮太にとって無二の快楽だった。他人に迷惑はかからないし、何回やろうと、料金はタダだ。が、憧れの女性が助け舟を出してくれるなんて、夢にも出てこなかった。

「気分が悪くなったとか、痛くなったら、早く言ってくださいね。すぐやめますから」

声を震わせた先輩の上半身が、前屈みになった。

おそるおそるといった様子で、先輩は手を伸ばしてきた。

保健所の看護士さんでも、さすがに自慰の手助けは初体験なのだろう。指の動きが超ノロマなのだ。

亮太はつい、股間を迫り出した。筒をくるむ皮膚がめくれて、濡れた頭を剝き出しにする。それでも、先輩の目つきは興味津々のようで、やっとのことで指の腹を、そろりと筒先にかぶせてきた。

人差し指を、横にすべらせる。

つーんとした刺激が、筒先から男の袋を貫通して、股の奥に強い脈動を奔らせた。反動で、股間が勝手に突きあがる。

だんだん先輩の指の動きが大胆になり、行動範囲が広くなってくる。張りつめた笠の周囲を撫でまわしたりして。

「ねっ、すごくいい形よ。張っているわ」

先輩の声に緊張が奔る。

「そこは、ものすごく感じるところなんです。百合さんの指が動くと、つーんと痺（しび）れが奔って、お腹の奥底がかっかと熱くなって、それから、あの、男の袋がきゅんと収縮します」

「えっ、袋？」

「あっ、はい。医学的用語では、陰嚢（いんのう）、です。ふぐりとも言います」

保健師さんを相手に、詳しく説明することもない。

ああっ！　亮太はたまげた。先輩は腰を深く折って、股間を覗きこんできたのだ。けたたましい勢いで迫（せ）りあがる筒先が、先輩の頬を直撃しそうなほど。

だ、だめです。そんなに近づかないでください！

叫びたくなったが、研究熱心な先輩の顔は離れていかない。

「あなたのヘアは多いのね。真っ黒よ。それに、ねっ、素敵な匂いなの。そう、収穫したばかりの海草を、天日干しにしているような」

もう、だめだ。先輩の鼻がくんくん音を鳴らして、嗅ぎまわってきた。

正常な意識が飛んでいく。

先輩の顔が至近距離まで近づいてくるし、もふもふのセーター越しに、先輩の甘い匂いに顔面が包まれていって。

無意識だった。

亮太の手が伸びた。深くめくれたスカートから剥き出しになっていた太腿を、撫でまわしていた。柔らかい肉をみっしり詰めたような太腿の丸みは、つるつる、すべすべだった。

瞬間、男の肉をしごいていた指の前後運動が急加速した。

そして、叫んだ。

「あーっ、出ます。出るんです」

またしても亮太は、股間を突き上げた。

白い放物線が、弧を描いた。一瞬、あまりの気持ちよさに、意識が飛んだ。股間の奥底に激しい脈動を奔らせながら。

だが、次の瞬間、なにが起こったのか、はっきりしなかった。

数秒して亮太は、事の成り行きを理解した。なにを思ったのか、先輩が激しく抱きついてきたのだ。噴射は完全に終わっていない。止め処もなく、じくじくともれ出ている。それなのに先輩は、亮太を仰向けにし、真上からかぶさってきたのだ。

スカートに、いや、剝き出しになった太腿に、白い礫(つぶて)が粘ついていく。

「感動したわ。うれしかった。逞しい男性の強さを見せてもらって。わたしも昂奮したの、ものすごく。生命の尊さも勉強させてもらったわ」

切れ切れの声をもらした先輩の唇が、音を立てる勢いで重なってきた。

もう太腿が汚れたって、知らない。ぼくの責任じゃない。

亮太は両手をまわし、先輩の背中をがっちり抱きしめた。

二度目のキスは、なかなか終わらない。

真っ青に澄みわたる冬空に向かって、後輩選手たちの元気いっぱいの掛け声が響きわたっていく。

翌日の午後、亮太は二年半ぶりに中通島高校のグラウンドに立った。十九名の現役選手にとって、畠山亮太は偉大な先輩に映ったのだろう。亮太を中心にして輪を作り、いっせいに叫んだ。

「よろしくお願いします！」

臨時コーチとしての威厳を示さなければならない。

「では最初に、グラウンドを二十周、全力疾走しなさい」

中通島高校のグラウンドは広い。一周すると約五百メートルもある。二十周も走ると、一万メートルだ。高校時代は罰走として、さんざん走らされたから、その辛さを、亮太はよく知っている。

腕を組んで悠々と、後輩選手たちの走りっぷりを眺めているのは、いい気分だ。少しでも力をゆるめた選手に対しては、もう一度走らせてやると、亮太の監視は注意深くなっていく。

が、決して後輩いじめではない。

走ることが野球選手にとっての基本トレーニングであることは、W大学に進学した今も、監督、コーチから厳しく指導されていた。

走ることはもっとも簡単な鍛錬方法で、しかも効果的なのだ。足腰を鍛えなおすと、投手でも打者でも不振から脱出できる。アマチュア野球だけではない。プロ野球だって、不調に陥った選手は黙々と走って、不調から脱出する。

まだ軀ができていない高校生は、なおさらのこと、走ることによって、基礎体力を作っていかなければならない。

が、腕を組んで後輩のトレーニングを見守っていても、亮太の下半身は、心もとない。足腰がしゃんとしてくれない、というのか。

昨日の夜、富澤先輩の目の前で実行した不規則自慰の残滓が、もやもや気分をぬぐい去ってくれないのだ。

夜中に何度も目が覚めた。下腹をすっきりさせてやりたい。もう一度、やってみようか、などと考えたりした。

自慰行為はやっぱり、孤独な作業に終始すべきではないか。白い礫を勢いよく噴射したとき、先輩は抱きついてくれた。二度目のキスは、濃厚だった。うれしかった。けれど、真下から先輩を抱きしめながら、ほんのわずかな物足りなさを感じたことも、否めない。

人間の欲望に限度がないことを、そのとき亮太は知った。

ここまでやったら、もふもふのセーターも、スカートも、さらにその下に着けているはずの下着も全部脱いで、素っ裸で抱きしめたかった。亮太にとっては夢心地の時間だったが、感動のフィナーレで、完璧な満足感が得られなかったことも事実だった。

もっと正しく言うと、中途半端。

だから自慰行為は一人で始め、一人でフィニッシュを迎えるのが正当な技でないかと、再確認したのだった。

先輩は言った。わたし、明日の朝のフェリーで長崎に行って、三日したら島に戻ってきますから、待っていてくれるでしょう。さっさと東京に帰ったら、怒りますからね、と。

ちょっと寂しい。明日か明後日、練習を見にいきます、なんて言っていたのに、約束を反故にされたような気分に浸って、だ。

が、高校の練習期間は二週間の約束だった。待つも待たないもない。

グラウンドを二十周している後輩を横目で追いながら、亮太はとぼとぼ歩いた。練習が終わったら、どこに行こうか？　じいちゃんを相手にお酒を呑むのも、今夜は気分が乗らないのだ。

不規則自慰のせいだ。

あれっ！　そのとき亮太の目は、ダッグアウトの真横に立っている一人の女性に向いた。距離が離れているせいで、顔かたちがよくわからない。亮太は目を凝らした。

（あっ、『大盛り食堂』の菜穂子姉さんじゃないか！）

亮太ははっきり目視した。

大盛り食堂は中通島高校から歩いても十分ほどのところにある大衆食堂で、いつも腹を減らしている高校生や漁師のお兄さんたちに、人気があった。人気メニューのナンバーワンは鯵フライ定食で、近海で獲れたばかりの肉厚鯵を、大皿に三枚も盛ってくれる。

空腹の高校生の胃袋を、いつも満足にさせてくれた。

ご飯、味噌汁はお代わり自由で、六百円と安かった。

大盛り食堂の主人の姓名は大森卓三と言い、店の看板は自分の苗字をもじってつけたそうだ。

気風のよさが評判だった主人が、亮太が高校二年の秋、急にしょげた。一人娘の菜穂子が嫁にいったからだ。

相手は関西人で、たまたま中通島での釣果を期待して遊びにきた男が、菜穂子に一目惚れして、わずか三月ほどの交際で、大阪へ嫁にいってしまったのだ。

菜穂子は大バカだよ。だまされるに決まっている。嫁にいった当初、大森大将は気丈を装っていたが、隠れて泣いていると、近所の奥さんたちは哀れんだ。大森大将にとって、一人娘の菜穂子は、それこそ目に入れても痛くないほどかわいい存在だったらしい。

菜穂子が嫁にいったあと、大盛り食堂は火が消えたように、客足が落ちた。食堂の看板メニューだった鰺フライ定食のフライが三枚から二枚に減って、お代わり自由のご飯も、どんぶり一杯に限定されたせいもある。

が、客足が遠のいた一番の原因は、最愛の一人娘が嫁にいったあとの大将が、客の扱いをおろそかにした上、昼間から盗み酒をして、いつも、へべれけに酔っ払っていたからだ。

寂しさを酒で紛らわせていた。

しかし大将のもとに朗報が届いた。

新婚四カ月で、菜穂子が出戻ってきたからだ。大阪の男にだまされたのか、ひとつ屋根に住んで、男の粗（あら）が見えたのか、それとも暴力沙汰が原因だったのか、菜穂子は口をつぐんだままでいたらしいが、大将は昼酒をぷっつりとやめ、ふたたび、鰺フライ三枚の大盛り定食を復活させたのだった。

その菜穂子が、グラウンドの片隅から亮太の姿を、じっと見守っていた。

亮太は菜穂子にかわいがられていた。猛練習のあと、鰺フライ三枚では足りないでしょうと、大将には内緒で鶏の唐揚げや豚の生姜焼きを、キャベツのみじん切りの横に、こっそり置いてくれた。

亮太にとっては、優しいお姉さんになったり、かいがいしく世話をやいてくれるお母さんになってくれる女性で、大好きだった。

菜穂子の姿を見つけて、亮太は走った。菜穂子も手を振って、駆けよってきた。

「亮太君のユニフォーム姿に見とれていたのよ。そのユニフォームは東京六大学のW大学のでしょう。かっこいいわ、すごく似合っていて」

菜穂子の遠慮のない声が、青空に向かってはじけた。

彼女と会うのも、おおよそ二年ぶりだった。

真冬だというのに、半袖のTシャツにジーパンという普段着が、輝いている。

「ずっと島にいるんですか」

聞きかえした亮太の声は、明らかに上ずった。

大皿の横に、鶏の唐揚げや豚の生姜焼きをサービスしてくれた彼女の、お姉さんらしい優しさが思い出されて、だ。

「わたしがいないと、お父さんはアル中になって、お仕事をしなくなるって、お母さんが泣いていたから、もう島から離れないことにしたの」

「お姉さんは、親孝行の娘さんだったんですね」

高校時代から亮太は菜穂子のことを、お姉さんと呼んでいた。

「お父さんから聞いたのよ。島一番の食いしん坊が高校の野球部のコーチで戻ってきているから、見てこいって。あの坊主は今、東京の大学野球でレギュラーを張っているそうだから、出世したもんだって、お父さんは自慢していたの。まるで、自分の息子みたいに考えているのね。それでね、矢も盾もたまらず、グラウンドに来たの。わたし、亮太君のユニフォーム姿に見とれていたみたい。だって、高校時代よりずっと体格もよくなって、堂々としているんだもの」

息を切らして一気にまくしたてたお姉さんの頰が、ぽっと上気した。

「お姉さんの顔を見たら、鰺フライ定食を食べたくなりました。練習が終わったら、食堂に行ってもいいですか。お父さんにも会いたいし」

「来てくれるの？　うれしい。それじゃ、今日の鰺フライは、わたしがご馳走してあげます。必ず来てね。待っているわ」

言い残して菜穂子はさっさと踵を返し、風のように去っていった。

久しぶりに訪ねた大盛り食堂の暖簾は、長い年月、海風にさらされていたせいもあって、あっちこっちにほころびがあり、青色の布地もくすんでいた。

亮太が店に入るなり、大きなエプロンを掛けた菜穂子が、それはうれしそうに、奥の厨房から飛び出してきた。

「ねっ、ねっ、握手をしてちょうだい。亮太君は、東京の大学でレギュラーを張っている有名選手なんでしょう。今日はね、鯵フライを五枚でも六枚でも食べてちょうだい。お父さんが腕を振るってくれるそうよ」

大歓迎されて亮太は、ちょっとまごついた。

まだレギュラーじゃないんです。ほんとうは一軍半なんですと、言い訳ができない状況に追いこまれていく。それでも亮太は差し出されてきた彼女の手を、ぎゅっと握った。

指が絡まって、なかなか離れない。

でも、懐かしい。香ばしい油の匂いが、厨房からふわふわともれてきて。

少々傷みはじめた木製の椅子に座った。だいぶ古びている。

九十三キロの巨体に圧し掛かられて、椅子がみしっと軋んだ。

「ちょっと聞いてちょうだい、お父さんが出てくる前に」

大きな瞳をきらきら光らせながら、菜穂子は対面に腰を下ろし、テーブルに肘を置いて、前のめりになった。

島の生活が長くなったせいか、冬になっても日焼け痕は消えないで、肌の色あいが、とても健康的に映ってくる。

「お父さんは、なにか悪いことを言っていたんですか、ぼくのことで」

「ううん、違います。あのね、食いしん坊青年は、今、二十歳か、そこいらになったんだろう。菜穂子がせめて二十五歳くらいだったら、わしは食いしん坊青年を口説き落として、菜穂子を嫁にしてくれと、ごり押しするところなんだが、三十二歳にもなってしまうと、無理は言えんしな——、だって。お父さんは亮太君のこと、大好きみたい」

えっ、お姉さんをぼくのお嫁さんに！　考えてもいなかったことを耳にして、亮太の心臓は、どきんと高鳴った。

お姉さんの年齢が三十二歳だったことも、初めて知った。

女性の歳はよくわからない。三十二という年齢が、歳を食っているのか、それとも、まだ若いのか。

が、笑みを絶やさず、秘密の話をしてくれたお姉さんの表情は、とても若々しい。こんなに近くで見ていると、大阪のぼんくら男はなぜ、菜穂子さんと別れたのかさっぱり理解できない。

お嫁さんにしたら、最高の美人さんで、世話好き奥さんになってくれる女性じゃないか、と。

「生意気なことを言うかもしれませんが、恋愛とか結婚は、あんまり年齢とは関係ないと思うんです。心から愛しあっていたら、歳が離れていても、幸せな生活が送れると思います」

言葉が終わらないうちに、亮太の脳裏に富澤先輩の美しい姿が、走馬灯のようによぎっていった。先輩は自分よりふたつ歳上だ。津波のような激しいキスをしたときも、濃厚接触の禁を破って抱きあったときも、歳のことなど、かけらも頭になかった。

ただただ無我夢中の、夢の時間だった。

青くさい亮太の持論に耳を傾けていた菜穂子の目尻に、細い皺が刻まれた。

「わたし、大阪の男と結婚して、たった四カ月で別れたでしょう。なぜ離婚したのか、お父さんにも言わなかったの。そんなことは、わたしの胸にしまっておいたほうがいいと思って」

菜穂子の声が沈んだ。

ぼくだって聞きたくない。

これほど明るい性格で、優しくて、健康的な美人さんを、たった四カ月でぽい捨てする男はけしからん！

「もう終わったことですから、全部忘れたほうが、立ち直りは早いと思います。ぼくも野球のプレイで、ときどき大ミスをするんです。先輩にこっぴどく怒られることもあるんですが、ひと晩寝たら、忘れてしまいます。ぼくはプロ野球の選手になりたいなんていう野望は、これっぽっちも考えていませんから、大学生でいる間、愉しくプレイできれば、それでいいんです。ミスは忘れるに限ります」

じっと聞き耳を立てていた菜穂子の目元が、和んだ。

「亮太君はわたしの人生のお師匠さんかもしれない。わたしよりずっと若いのに、ためになる話を聞かせてもらって。わたしね、これでも大阪の男と別れてから、毎日、考えこんでいたの。なんであんなくだらない男と結婚したのかって、ものすごく後悔しながら」

「毒を少し持った蜂に刺された、くらいのことですから、やっぱり忘れてしまうことです。お姉さんくらい魅力的な女性だったら、これから何度も、ラブロマンスの花が咲くはずです」

青二才の男なのに、一人前の講釈を垂れた気分になって、亮太は少し照れた。

そのとき、すだれを分けてお父さんが入ってきた。大皿に盛られた鯵フライは五枚。こんがりと、それはうまそうに揚げられていた。

かなりの時間、深刻な話をしていたのに急に空腹を覚えた亮太の腹が、くーっと鳴いた。

冬の空は暮れるのも早い。

お腹がいっぱいになった亮太は、彼女の家の庭に造られたテラスにいた。ふたつ並べられた籐の椅子に、菜穂子さんと並んで、だ。西の空はまだ、ほんのわずか茜色に染まっているが、テラスのまわりは薄暗い。

「亮太君は大学を卒業しても、東京にいるんでしょう。大きな会社に就職して」

椅子の肘掛けに手を添えて、菜穂子さんは所在なげな言葉をもらした。

「まだ決めていないんです。あと二年ほど、学生生活がありますから、その時間を、できるだけ有効につかうことだけを考えているんです。でも、平凡なサラリーマンにはなりたくないな、とは思っています」

「いいわね、若さ、って。なにも後悔しないで、前に進むことだけを考えていればいいんですもの」

お姉さんはやっぱり、急ぎすぎた結婚、あっという間の離婚を悔やんでいるようだ。彼女の言葉尻から、亮太は察した。こんなとき、めそめそして、暗い話をするべきではない。

明るく、朗らかに振る舞うべきだ。たとえ、ずっと歳下の男でも。

「ぼくは今、ものすごく真剣に考えていることが、ひとつだけあるんです」

「まあ、それは亮太君の人生の進路を決めるようなこと、とか？」

「いえ、そんな大げさな話じゃないんですが、ぼくも二十歳になって、正しい男の知識を学ぶ年齢になったんじゃないかなって」

「正しい男の知識って、なあに？」

菜穂子は問いかえした。

「こんなことを言ったら笑われるかもしれませんが、あの……、たとえばですね、女の人のことです」

「女の人のこと？」

「はい。偉そうことを言いましたけれど、ぼくは女の人のことについては、無知(むち)文盲(もんもう)なんです。なにも知りません。実体験もないんです」

お姉さんの目つきに、急に真剣味が加わった。隣の椅子から半身を乗り出してくる。

「はっきり言うと、亮太君は童貞さん、だったとか」

聞き返されて、亮太は背中を丸めてしまった。そんなにはっきり言わないでください。腹の中では少し反抗的になって、だ。

昨日の夜、富澤先輩との行為は、童貞を卒業したことにはならない。勢いに任せて、不規則自慰をやってしまっただけだ。

「大学に入ってからは毎日、猛練習に明け暮れて、男を卒業する時間がなかったんです。しょうがないことでしょう。それに無事、卒業させてくれる相手もいなかったし」

お姉さんは椅子の肘掛けを両手で持って、足を引きずって、近寄ってきた。薄闇でも、お姉さんの目がきらきら光っているように見えた。

「まだ二十歳なんですもの、知らなくてもしょうがないことよ」

お姉さんは慰めてくれた。

「でも、ぼくだって、明日にでも、大好きな女性ができるかもしれない。そのときになって、なんにも知らなかったら、恥をかいてしまうと、お姉さんは思いませんか。お父さんには内緒にしておいてほしいんですが、女の人の、生の裸を見たこともないんですよ」

「そう……」

短いひと言をもらしたお姉さんは、急に腕を組んで、黙りこくってしまった。唇を嚙んでいるような。

しばらくの時間をおいて、菜穂子が口を開いた。

「亮太君だから、お話するわ、わたしが離婚した理由を」

「いえ、無理をしないでください。前のことは忘れたほうがいいですよ、なんて偉ぶったことを言ったばかりですから」

「ううん、わたしの離婚は、亮太君の悩みに通じることかもしれないと思って」

「それって、どういうことですか」

「そう、離婚届を出す十日ほど前のことだったわ。結婚して、二人で大阪に住むようになってから、ほとんど毎日、彼はわたしを求めてきたの」

亮太の頭は少しずつ回転する。

毎日求めてきたということは、毎日セックスをしようと、関西のアホタレ男はせがんできたのだろう。当たり前だ。これほど魅力的な女性を奥さんにしたら、一日に二回でも三回でもやりたくなる。

自分だって、きっとそうなる！　亮太は一人で勝手に息まいた。

「しつこく求められて、辛くなったんですか」

「半分くらい。でもね、わたしはあの人の奥さんになったんだから、がんばって、相手をしなくてはならないと思って、必死だったの」

ちょっと変だ。

亮太は気づいた。少なくとも二人は、恋愛で結ばれたと聞いた。それなのに、必死でセックスをしていたなんて考えにくい。セックスはもっと愉しくて、開放的な行為だと思っていたのに。

「お姉さんは、歯を食いしばって、苦痛に耐え、ご主人の相手をしていたみたいですね。ぼくにはそう聞こえます」

「あのね、わたしもほんとうは、なにも知らなかったの。セックスのやり方を。前戯もあるでしょう」

「ええっ、それじゃ、あの、ヴァージンだった、とか?」

「ううん、一度だけ経験したわ。長崎の短大に通っていたころよ。そのときはヴァージンだった。その男の人を愛していたから、彼に、わたしをあげたの。でもね、ものすごく痛くて、泣いてしまって、セックスが嫌いになって、彼と別れてしまった」

「そんなことがあったんですか」

「それが、三十二歳にもなって、求婚されて、昔のことも忘れていたから、今度は大丈夫と思っていたのよ」

ずいぶん生々しい打ち明け話になって、亮太の気分は重苦しくなっていく。

余計な話をしなければよかった、と。

「でも、痛かったんですね」

「そうじゃないの。その日の夜のことは、忘れないわ。彼はまたわたしを求めてきた。一緒にお風呂に入ったわ。途中まで普通にやっていたつもりだったのよ」

「あっ、そうですか」

そう答えるしかなかった。

夫婦の性行為が、普通に行なわれていた過程が、亮太の頭では具体的に描かれてこない。

「ねえ、亮太君はフェラチオって、知っている？」

突然、ものすごく具体的な表現がお姉さんの口から出てきて亮太は、自分の尻が三十センチ近くも飛びあがったような気がした。知らないことはない。が、それは文字面だけで、もちろん実践したこともない。

「ええ、はい、聞いたことはあります」

自分の軀が、どんどんのぼせていく。脳味噌に向かって、血液が逆流していくような気分になった。お姉さんほど清潔そうな女の人の口から、フェラチオなんて、通俗的な表現が聞けるとは、考えてもいなかったから。

が、もっと冷静になれと自分を戒めながら、お姉さんの言質をもとに考察を深めていくと、この太陽のように明るいお姉さんは、大阪のぼんくら男を相手に、日ごと、夜ごと、フェラチオをやらされていたという、一種の恐怖心にもかられていたのかもしれない。

無残な姿だ。ひどすぎる。

「いろいろな行為を要求されても、妻の立場は、夫の要求を受けいれる責任があると思っていたの」

ものすごく、やるせない。

フェラチオなる行為がどのように展開されていくのか、そんなことは、なにも知らない。けれど、少なくとも夫婦間では、強要されるものではないはずだ。雑誌で読んだことがある。フェラチオとクンニリングスは、男と女の同時訪問がもっとも効果的なエキサイティング作業である、と。

野球だって同じだ。

守備は非常にうまくても、打撃がからっきしでは、一流選手と認められない。

「それで、どうなったんですか、その夜……」

「途中までやったのよ。そうしたら、彼は急に怒鳴ったの、何度やらせても、下手くそなおばさんだなって」

「ええっ！　そんなことを！」

「わたしは許せなかった。もうこの人と一緒に暮らせないって」

当たり前だ。非常識にもほどがある。

「それで、さっさと島に帰ってきたんですね」

「彼は二十九で、わたしは三十二よ。わたしのほうがちょっと歳上でも、自分の奥さんに向かって、おばさん呼ばわりはないでしょう」

「もちろんです。その男の住所を教えてください。ぼく、東京に帰る途中、大阪に寄って、とっちめてやります。力勝負だったら、負けませんからね。ぼくは野球の練習をしているとき、バットの素振りを毎日、千回やるんです。腕っ節は鍛えていますから」

「ありがとう。亮太君はほんとうにわたしのことを、大事に思ってくれているのね。亮太君の優しい気持ちだけで、充分よ」

「いいや、そんな男は、鼻っ柱をへし折ってやるのが、一番こたえるはずです」

「でもね、今、亮太君の悩みを聞いているうち、わたしも少しだけ、反省したの。お嫁にいくのに、なにも知らなかったわたしにも、責任があったかなって。フェラチオのやり方も、勉強しておいたほうがよかったかもしれない」

ちょ、ちょっと待ってください。

フェラチオのやり方を、どこで勉強するんですか。相手は誰でもいいの、なんてことは言わないでください。自分が裸の女性を見たことがないという体験不足とは、レベルが違いすぎる。

「結婚って、むずかしいんですね」

慰めにもならないと思いながら、亮太はやっと、短い言葉を告げた。

「わたしのことは、もう忘れて。それで亮太君は、これからどうするつもりなの。明日にでも、素敵な女性が現れたら、まごついてしまうんでしょう。女の人の裸を一度も見たことないそうですから」

「ええ、はい。明日すぐに、どうこうなるというわけではないと思いますが、時間が経過していくと、愛情が芽生え、きっと抱きたくなって、セックスに進んでいくと思うんです」

「それが普通よ」

「でも、女性の裸を一度も見ていないような男では、なにもできません。だいいち、ぼくの前で彼女が裸になったら、ぼくは眩暈（めまい）を起こして、気を失ってしまうかもしれないんです。女の人の、あの、あそこには黒い毛が生えているんです。それは、週刊誌のグラビアで見たことがありますが、生のヘアは迫力があるはずです」

ええっ！　びっくりした。お姉さんが顔を伏せ、くくっと笑ったからだ。笑われても仕方がない。自分はほんとうに、なんにも知らない未熟児みたいな男なのだから。

しかし、自分の考えに、間違いはないと亮太は確信する。

野球の打撃練習だって、そうだ。ピッチング・マシンの百四十キロと、打撃投手が投げる百四十キロは、まるで違う。打撃投手が投げたボールには、伸びとか切れがある。

同じように、グラビアのヘアと生のヘアでは、大差があるはずだ。

「ねえ、亮太君、あちらに行きましょうか」

つい今しがた、笑いを噛み殺していた菜穂子が、急に真面目声になって立ちあがった。

えっ、どこへ？　亮太は彼女の声にうながされたように立った。

菜穂子は亮太の様子など振り返りもしないで、すたすたと歩きはじめた。

こんな部屋があったとは、まるで知らなかった。

お姉さんの自宅の裏手に、藁葺き屋根をかぶった小さな個室があったのだ。

慣れた手つきで鍵を開け、彼女は部屋に入って、明かりを灯した。

その部屋は四畳半ほどの広さで、部屋の真ん中に鉄瓶を吊るした囲炉裏が掘られていたのだ。

「このお部屋はね、わたしのお爺さんが、趣味でこしらえたんですよ。もう、五年も前に亡くなりましたけれど」

「なにをする部屋ですか」

「お茶のお稽古よ。ほら、見て、古そうなお茶碗とかお釜や柄杓があるでしょう。お爺さんが集めたんですって。お爺さんが元気だったころ、ご近所のお年寄りを集めて、お茶会をやっていたんですって」

へーっ、亮太は感心した。

大盛りの鯵フライ定食をセールスポイントにしている大将のお父さんが、茶の湯を趣味にしていたなんて釣り合いが取れない。

「お父さんはね、お爺さんの趣味を捨てるわけにはいかないって、このお茶室の管理をわたしに任せてくれたの。時間のあるときお掃除をして、お茶碗を洗ったりしているのよ」

わかった！　亮太は一人で合点した。

いつも元気溌剌で、おてんばぶっている菜穂子お姉さんの、どこか上品そうな振る舞いには、こんなに古めかしい茶室の世話をつづけている陰の努力があったからに違いない。

「あの、それじゃ、これからお姉さんは、ぼくにお茶を淹れてくれる、とか？」

ものすごく苦そうなお茶は、たとえお姉さんが淹れてくれても、ひどくまずそうだなと思いながらも、亮太は一応、尋ねた。だいいち、お茶をいただくときは、正座しなければならない。正座も苦手だ。太腿が太すぎるからだ。亮太は腹の中で赤い舌を出した。

「お茶を飲みたいの？」

半分笑いながら菜穂子は、聞いた。

「いえ、お茶はいりません。喉が渇いたら、水をいただきます」

「そうでしょう。わたしだってこれから火をおこして、お湯を沸かすなんて面倒ですもの。あのね、このお部屋で二人の勉強会をやりたい、と考えたの」

「勉強会って、なんですか」

「二人とも人生の未熟者でしょう、なにも知らない者同士で」

「ぼくより、お姉さんのほうが、物知りだと思います」

「でも、フェラチオの上手なやり方は知らなかった。勉強不足と体験不足で」

「ぼくはそれ以下の、幼稚園児みたいなものです」

「ですからね、亮太君にわたしの軀を見せてあげて、勉強してほしいと思ったのよ。三十二歳になったわたしの軀でも、辛抱してくれるわね」

ぎょっとして、仰け反りそうになった。

もしかしたらお姉さんは、ぼくの目の前で、洋服を脱ぐつもりなのか。

きっと、そうだ。洋服を着たお姉さんの軀だったら、テラスでも見ることができる。わざわざ茶室に入ることはない。

「菜穂子さんはまさか、この茶室で、裸になるつもりじゃないでしょうね。そんなことをしたら、お爺さんに怒られます。お爺さんが大事にしていた部屋なんですから」

「ついさっきね、大空にいらっしゃるお爺さんから、お許しがでたの。お爺さんの懐かしい声が聞こえたのよ。亮太君のためになるんだったら、自由に使ってもいいんだよ、って」

大真面目に答えられて、亮太は行き場を失った。

部屋の広さはたった四畳半ほどで、軀を隠すスペースはない。

「ぼくは、どうすればいいんですか」

問いなおした亮太の声は、恐れおののいて、小刻みに震えた。ついでに、喉がからからに渇いてしまった。

「立っていても、座っていてもいいのよ。わたしの軀を、優しく見守ってくれたら、わたしだって、安心でしょう」

裸になっていくお姉さんの軀を、優しく見守っているなんて、それは無理だ。お姉さんの言葉を信用すると、裸になっていくのだから。

それじゃ、脱いでいきますからね。わざわざ断って、菜穂子お姉さんはブラウスのボタンをはずしはじめた。ひとつひとつ、ゆっくり。お姉さんの指の動きがもどかしく見えはじめ、もうやめてくださいと、手を取りたくなった。

ものすごく痛々しく映ってきたのだ。

ボタンが全部はずれた。

シュミーズらしい白い肌着は、とても薄い。内側に滲んだブラジャーは、淡いピンクだ。お姉さんの手の動きは、急に忙しくなった。ジーパンのファスナーを下ろす。

はっとした。シュミーズらしい肌着の裾はとても短くて、太腿を丸出しにしたのだった。

(あっ、パンツもピンクだ)

繊細な刺繍は、白っぽい糸で織られている。

「亮太君とこんなことになるんだったら、もっとセクシーなランジェリーにしておけばよかったかしら」

お姉さんの表情は笑っているようにも見えるが、頬が引き攣っている。

かなり緊張しているのだ。どんなに物わかりのいいお姉さんだって、ずっと歳下の男の前で、裸になっていくなんて考えてもいなかったのだろうから。

「いえ、ぼくは今、どうしたらいいのかさっぱりわからなくなって、足が震えているんです。立っているのが辛くなってくるほどです」

「ねえ、わたしはそんなに、おばさんぽくないでしょう。お腹だって出ていないし、おっぱいも張っているんですからね」

「はい、そのとおりです。太腿もぴちぴちしています」

「ありがとう。それじゃね、シュミーズを脱ぐわ。あとはブラジャーとパンティだけよ」

膝から砕けおちそうな不安にかられた。

千回の素振りより、はるかに苦しい。呼吸が乱れてくる。

あーあっ、目を閉じたくなった。それはあっさりと、お姉さんは白いシュミーズのストラップを肩からはずしたからだ。白い布がするすると太腿をすべり落ちていく。

すらりと均整の取れたお姉さんの軀に残った衣類は、とっても小さく見える薄桃色のブラジャーとパンツだけ。

「ああん、ちゃんとわたしを見てちょうだい。目をそらしたら、だめ。わたしの軀が醜かったら、これ以上、脱ぎませんからね」

お姉さんの声が、駄々っ子言葉に聞こえた。

「そんなに、ぼくをいじめないでください。醜いんじゃなくて、どこを見たらいいのか、判断できないんです。だって、半分以上裸になったお姉さんが、ぼくの真ん前に立ちはだかっているんですよ。すごく小さく見えるパンツが、ずり落ちそうです」

ずり落ちそうだけではない。

だんだん焦点が定まってきた亮太の目は、そのパンツの正面が、ふっくらと膨らんで、黒っぽい翳（かげ）が滲んでいることを見つけたのだ。パンツは薄いピンクなのに、その部分だけ黒っぽく映ってくるのは、もしかしたら、お姉さんの黒い毛！かもしれない。

ああっ！　亮太はすぐさま座りたくなった。

ブリーフの内側で、根元のあたりに軽い痺れを奔らせながら、男の肉がいきなり暴れはじめたからだ。

ブリーフをこすりながら、筒先が迫りあがってくる。

「ぼくはどうしたら、いいんですか」

亮太は弱音を吐いた。

昨日の夜、富澤先輩に助けられて、男のエキスは全部発射したと思っていたのに、そんなことには関係なく、股間の奥がかーっと熱くなってくる。

「どうしたの？」

お姉さんは心配そうに声をかけてきた。

「いえ、それが、その、お姉さんのブラジャーとパンツを見ていたら、急に、あの、でっかくなってきたんです、ブリーフの中に埋まっている奴が」

「ほんとうに！」

「はい。ブリーフを突き上げてきます。こいつは反射神経が鋭いんです。ピッチャーの投げるボールには、なかなか反応しなくて、しょっちゅうコーチに叱られているんですけれど、こいつは急にいきり勃ってくるんです。息子を見習えって、怒ってやってください」

「おもしろい人。亮太君の思考回路のどこかには、必ず野球があるのね。わたしのランジェリーを見ても、野球を思い出すんですもの」

「だからぼくは、女性に対して、晩生なんです。女の人より野球のほうが大事で、愛おしくなって」

「わたしのことも？　これからわたしは、二枚の下着も脱ぐのよ。全部脱いでしまったわたしの裸を見たら、野球のなにを思い出すのかしら」

「多分、その、でっかいホームランを打ったか、それとも、三球三振したかのどちらかだと思います。平凡な外野フライじゃありません」

菜穂子お姉さんの瞳が、うれしそうに和んだ。

「ホームランを打ってほしいわ。それも、満塁さよならホームランを」

どきんとした。

姿勢を戻したお姉さんが、両手を背中にまわし、ブラジャーのホックをはずしはじめたからだ。細かな刺繍を縫ったふたつのカップが、はらりとはずれた。すとんと畳に落ちた。

やっと焦点が定まってきた視力が、またぼやけた。

大きいのか小さいのか、そんなことはわからない。けれど、まん丸に膨らんだ白い肉の頂に、小さな赤い蕾がぽつんと実っていることは確認できた。

お姉さんの手は止まらない。

腰を屈めた。パンツのゴムに指先を掛ける。淡いピンクの布が皺になって、太腿をすべっていく。最後の一枚を足首から抜いて、お姉さんは無造作に、ぽいと投げた。

そして、すくっと立ちあがった。

どこを見ていいのかはっきりしない亮太の目は、彼女の頭のてっぺんからつま先までを、虚ろに往復した。パンツに滲んでいた黒い翳の実像がはっきりしたのに、その部分を素通りして、胸の膨らみや小さく窪んだ臍、太腿の丸みに移って、落ちつきがない。

「お姉さんは洋服を着ているときより、裸のほうが、ずっときれいです」

亮太の声はたどたどしい。舌がよくまわらないのだ。

誉めているのか、けなしているのかよくわからなくなる。

「もっと近くに来て。そんなに遠く離れていたら、寂しいでしょう」

誘われても、簡単に動けない。

ブリーフの中の男の肉は、いつの間にか、これ以上でかくなれないほど膨張して、股の奥が重い。

昨日の夜、富澤先輩に助けられて不規則自慰をやってしまったときより、でかくなっている。それも熱をこもらせて、だ。

やっぱり、女の人の生の裸は、男の昂奮剤として、特効薬になるらしい。

「ぼく、動けないんです」

亮太は正直に白状した。

「どうしたの？」

やっぱりお姉さんは優しい。声をかけて、近寄ってきてくれた。

「痛いんです、大きくなりすぎて」

「だめよ、今からそんなに弱気になっていたら」

「えっ、今からって、まだ続編があるんですか」

「もちろんよ。これからわたしは、畳に座って、太腿を大きく広げます。なにが見えると思いますか」

とうとう声が出なくなった。

唇からもれてくるのは、荒い息づかいだけ。

「お股を広げたら、女性の一番大事なお肉が、見えてくるでしょう。そのとき亮太君は、ちゃんと確認しなさい。女のお肉が、どんな形になっているのかを。汚いなんて思って、目をそらしたらいけません」

とんでもないことを話しているのに、お姉さんの表情は厳しい。

「お姉さんの、股の奥を、ぼくは見るんですか」

「そうよ。そのとき亮太君も裸になっているの。自分の軀がどんなふうに反応するのか、よーく、知っておくと、かわいらしい恋人ができても、あわてることはありません」

あっ、そうですか。やっと答えることができたが、自分も素っ裸になって、お姉さんの太腿の奥をしっかり観察できるかどうか、まるで自信がない。

きっと自分の指でしごいてやる前に、びゅびゅっと噴き出してしまう。こらえることができるかどうか、とても不安になって。

「それじゃ、ぼくも裸になるんですか」

やっとのことで、亮太は問いなおした。

「亮太君が裸になってくれなかったら、わたしのお勉強ができないでしょう」

ええっ！　亮太の目は、どんぐり眼になった。

菜穂子お姉さんの勉強って、なんだ？

脳天が真っ白になるほど昂ぶっていた亮太の神経が、ほんの少しだが、落ちついた。

そうだ！　そもそもこの茶室に入ってきた目的は、二人は協力して、勉強会をやりましょう、というお姉さんの発案だった。

だとしたら、自分も協力しなければならない。お姉さんはすでに、素っ裸になっているのだから。

なぜか亮太の丹田に、強力なる力がこもった。

お姉さん一人に、辱めを受けさせてはならない。

「ぼくも裸になります。そうしたらお姉さんは、畳に座って、太腿を開いてくれるんですね」

「亮太君のお願いだったら、どんな恰好にでもなってあげます。二人の勉強会でしょう。実のある勉強会は、実技を伴ったほうが効果的よ」

亮太は奮い立った。

下腹の痛さをこらえて立ちあがる。セーターを脱ぐ。ズボンを引きおろす。亮太の手の動きは活発になった。

野球の猛練習の終盤で、くたくたに疲れているのに、素振りのスピードを最高潮にもっていくのと、似ている。もうすぐ苦しい練習が終わると思うと、軀のどこかに残っていた最後のエネルギーが爆発するような。

白いブリーフを脱ぎとった。

そそり勃った男の肉が、ブリーフのゴムを弾いて跳ねあがった。

ああっ、それっ！　奇声をあげた菜穂子お姉さんの全裸が、亮太の膝の前で崩れおちた。丸く膨らんだ乳房を、大きく波打たせて、だ。

「大きいのね、びっくりしたわ。立派な体格に釣り合っています」

お姉さんの視線は、裏筋を見せつけ屹立する男の肉から、一ミリも離れない。

「でかいことはでかいんですが、ものすごく、だらしないんです。すぐ、泣き出したりして。見てください。先っぽが濡れているでしょう。お姉さんの、その、おっぱいとか黒い毛を見たら、情けないことに、もう泣き崩れているんです」

「それじゃ、わたしがここで太腿を開いたら、どうなるかしら？　もっと泣いてしまうとか？」

そんな経験をしたことがないから、よくわからない。

が、ねばねば涙の量が増えることは、間違いなさそうだ。

「今は勉強会ですから、テストしてみてください。ぼくは呼吸を殺して、必死に拝見させてもらいます」

二人とも、それこそ一糸まとわない全裸になっているというのに、口から出てくる言葉は真面目くさっている。

「わかったわ。それじゃね、あなたは両手をついて、わたしの前に屈みなさい。もっと近づいて、よ」

命令されるがまま。

亮太はしゃがんで、畳に両手をついた。

菜穂子お姉さんは、お臀を落とした。

二十年間の人生で一度も経験したことのない緊張感に襲われて、腋の下から気持ち悪いほどの脂汗が滲んでくることを、亮太は感じた。

第三章　スルメの生いたち

ずいぶん昔、まだ自分が生まれる前のこと。ピッチャーの投げたボールが、ホームプレート上で止まって見えたという、とんでもないエピソードを残した強打者がいたらしい。

じいちゃんから聞いた話だけれど、畠山亮太はあまり信用していない。

ボールが止まったら垂直に落ちる。これはアイザック・ニュートン博士の万有引力の法則で、はっきり示されている。だいいち亮太の目には、投手の投げたボールは、ホームベース上で止まるどころか、スピードを増して、三振ばかり食らっていた。

しかし——、目の真ん前で、太腿を左右に大きく開いた菜穂子お姉さんの股の奥底は、まさに静止画像のような状態になって、亮太の目に飛びこんできたのだった。

比喩としては適切でないかもしれない。が、女の人の股の奥の肉は、もう少し微妙にうごめいていると想像していたのに。

全然、動かない。

もやもやっと茂る黒い毛の中のほうは、息を詰めたように静止したままなのだ。亮太の目には、そう映った。

生まれて初めて見る女性の秘密の肉が、すぐそこにある。ほんの少し、匂ってくる。鼻をつまみたくなるような、いやな匂いではない。甘酸っぱいような。

「亮太君、助けて」

頭の上から、お姉さんの声がかすれて聞こえた。

「えっ、どうしたんですか」

あわてふためいて亮太は、顔を上げた。ついさっきまで、ほんのりと薄桃色に染まっていたお姉さんの顔が、蒼白になっていた。怖いものでも見つめているような眼（まなこ）は、かっと見開いたまま。

「あのね、金縛りにあったみたいに、軀のどこもかしこも、全然、動かなくなってしまったの」

声に抑揚（よくよう）がない。

必死に絞り出しているような声だ。二人で勉強会をしましょう、なんて威勢のいいことを言っていたのに、太腿を開いて股の奥をあらわにした羞恥が、お姉さんの正常神経を狂わせてしまったのか。

「ぼくは、どうしたらいいんですか」

「どこでもいいから、わたしの軀を優しく撫でて。そっとよ。金縛りが解けていくかもしれない」

声はますます弱々しくなっていく。

どこでもいい、なんてそんないい加減なことを言わないでください。お姉さんは素っ裸なんですよ。女性の素肌に直接タッチすることなど、まったくの未経験者に対し、そんな無責任な頼みごとをしてはいけません。

亮太はお姉さんの顔を見あげながら、ぼくのほうが助けてもらいたいと、胸のうちで願った。

が、お姉さんの裸は微動だにしない。

太腿の裏側を支えもっている手も、糊づけされたように、ぺたりと張りついたままなのだ。

仕方がない。亮太は考えた。

高校時代に学習した。『義を見てせざるは勇無きなり』。中国の思想家、孔子(こうし)が説いた名訓だ。目の前で困っている人を見かけたら、見て見ぬふりをするのではなく、勇気を持って行動に移すべきである、と。

正義は人間の行うべきものだと、孔子先生は教えていた。

身動きができなくなった美しい女性を救うのは、正義だ。しかも助けてちょうだいと、懇願している。ひと回りも歳上の女性だけれど、今は全力を持って助けてあげるのが、男の勇気じゃないか。

孔子先生の教えに背くことはできない。

亮太は立ちあがった。

お姉さんの目が、ぱっちり見開いた。それだけでも、金縛りから一歩解放された証拠だ。

男の肉がぶるんと、大きく縦揺れした。が、恥ずかしがっている場合ではない。

一旦、肚を決めたら、震度7の大地震に襲われても、敢然として目的に向かって前進せよ！　W大学の野球部監督は、約九十名の部員を前にして、何度も訓示した。監督の言は絶対である。

失礼します！　ひと声発して亮太は、両手をお姉さんの肩に添えた。

あれっ、かたかた震えている。

ずいぶん、無理をしたのだ。亮太は謝りたくなった。二人で勉強会をしましょう、なんて誘われて、いい気になって、二人で素っ裸になってしまった破廉恥が、お姉さんの軀を硬直させてしまったのだと、心から反省した。

しかし、この強張りを一秒でも早く解放してあげたい。心臓まで固まってしまったら、命に関わる。

亮太は腰を下ろした。

目の前に、ふたつ並んだ乳房が、ぽっかりと浮きあがったように見えた。大きいほうじゃないかもしれない。でも、きれいな膨らみだ。薄い皮膚が張りつめて、熟したサクランボウ色に染まった乳首が、愛しく映ってくる。ちゅっと吸って、嚙みきってしまいたいような衝動にかられるほど、だ。

亮太の両手は、自然と動いた。

乳房に向かって。

「痛いとか、恥ずかしいと感じたら、すぐ、言ってください。さわる場所を変えますから」

言葉を選びながら亮太は、両の手のひらを、乳房の下側に添えた。ええっ！　ものすごく柔らかい。でも、弾力性は豊かだ。ゆらゆらと揺れしなって、手のひらを気持ちよく圧迫してくるのだ。

菜穂子の視線が、下を向いた。

「あなたの手は、あたたかいのね」

声に元気が戻ってきたように、亮太は感じた。

「今は真冬で、とても寒い季節なのに、ぼくは裸になって、かっかと昂奮していますから、軀中が熱いんです」

「わたしのおっぱい、小さいでしょう」

ひがみっぽい声で、菜穂子は言った。

小さいか大きいかの判断をしなさいと、ぼくに言われても、それは無理だ。天地神明にかけて、生の乳房を見たのは初めてだし、さわったことなど、もちろん、ない。

「柔らかいゴムマリの手ざわりと、似ているみたいです」

「ねっ、亮太君のあたたかくて大きな手で、おっぱいを包んでみて」

「そんなことをしても、いいんですか」

「あなたの手のぬくもりが全身に伝わっていって、少しずつ、金縛りがほどけていくかもしれない」

「金縛りって、苦しいんでしょう」

「そうよ。呼吸もできないほど。でも、わたしって、だらしのない女だったのね。亮太君の前で太腿を開いただけで、軀が動かなくなってしまったりして」

「ぼくはちょっと安心しました。お姉さんにも緊張感があったんだ、と」

亮太は手のひらをいっぱいに広げて、乳房の真正面からかぶせた。

ちょっとこそばゆい。手のひらのちょうど真ん中あたりに、乳首の尖りが転がったからだ。

ああっ！　いけねーっ！

手のひらにまともに受けた乳房の柔らかさ、弾力が、股間に向かって放熱したのだ。膨張しきった男の肉が、ゆらりと跳ねた。男の涙が、じわりと滲み出て、畳の上に、ぽたりと垂れた。

亮太はあわてた。

畳はきれいに掃除されていた。シミになってしまう。

「ごめんなさい。ぼく、粗相をしてしまいました」

脱ぎ捨ててあったシャツを拾うなり、亮太は雑巾代わりにして拭いた。

「いいのよ、そんなことをしなくても。あとでわたしがお掃除をしますから。でも、亮太君、わたしの軀、少し楽になってきたみたいよ。ほら、指も動きはじめました」

太腿の裏側を支えていた手を抜いて、お姉さんは、ぐー、ちょき、ぱーを作った。目も笑っている。

「ほんとうに心配しました。お姉さんの軀が、石膏みたいに動かなくなったんですから」

「やっぱり、わたしは経験不足だったのね。恥ずかしい。三十歳をすぎているのに、呼吸も苦しくなるほど、軀を固くしてしまって」

「だって、男の前で裸になって、股を広げたら、怖くなるのが当たり前です。はい、どうぞ見なさい、なんて言って、平気な顔をして、ぱかっと太腿を広げたら、ぼくはお姉さんの神経を疑ってしまいます」

「ありがとう。亮太君はほんとうに優しくて、素直な性格だったのね。お父さんの目は確かだったわ。菜穂子が二十五歳くらいだったら、亮太君に談じこんで、嫁にしてもらうところだった、って、本気で言っていたんですもの」

お姉さんの神経は少しずつ正常に戻ってきたようだけれど、今度は自分のほうがおかしくなってくる。つま先とか指先が痺れてきたみたいで。

亮太は助け舟を出したくなった。

静止画像のように、まるで動かなかったお姉さんの、股の奥の情景が、急に思い出された上に、手のひらで包んでいる乳房が、ゆらゆらと揺れしなってきたからだ。

男の肉の先っぽから滲んでくる粘液が、止まらない。ぽたりぽたりと、畳に垂れていく。

「あの、ぼくはどうしたらいいんですか」

攻守が逆転して、亮太は情けない声をあげた。

「それじゃね、仰向けになって、寝なさい」

お姉さんはちょっと目尻を吊り上げて、とんでもないことを言った。

「畳の上に、ですか」

「そうよ。寝るのが一番、リラックスできる姿勢でしょう」

そのとおりです。でも、ぼくは素っ裸です。ブリーフも穿いていない。仰向けに寝たときの自分の恰好を想像すると、とても正常な神経ではいられない。男の涙をもらしつづける男の肉は、裏筋を剝き出しにして、宙返りする。

そのときお姉さんは、真上から覗きこんでいるのだ。

無防備そのものの男が、仰向けに寝ていたら、お姉さんはきっと征服感に浸って、笑うかもしれない。

が、途中でやめることもできない。

勉強会だった。

亮太は覚悟して、ごろんと寝ころび、仰向けになった。案の定、男の肉は臍まで届きそうなほど伸びて、お腹の上で開き直った。

真横にしゃがんだ菜穂子の睫毛が、ぴくぴく跳ねた。

「どこから見ても、きれいよ。形がいいのね。ああん、亮太君は怒っているんでしょう。太い血管を浮かせているわ」

「怒っているんじゃありません。昂奮しまくっているんです。それともうれしがっているのか」

「今、わたし、いろいろ考えているのよ。こんなに大きなお肉を頬張るには、どこからお口をつければいいのかって。下手をすると、歯を立ててしまうでしょう。そうしたら亮太君は、こらっ、下手くそって、怒鳴るかもしれない」

「あの、正しく質問しますけれど、お姉さんは、その、ぼくの肉を頬張るつもりなんですか」

「だって、フェラチオは、舐める行為じゃなくて、お口に入れて、もぐもぐすることよ。わたしの勉強会の目的ですもの」

お姉さんはものすごく猥らしい。口に入れて、もぐもぐしたいらしい。

ああっ、でも、どうしよう。亮太は猛烈な不安に襲われた。お姉さんの口に含まれ、もぐもぐされたら、いや、もぐ、ぐらいで、強烈な刺激に襲われ、時と場所を選ばないで、噴き出してしまう。

そんなに我慢強い奴じゃない。

「ああん、なにを考えているの。とっても不安そうな顔をしているわ。ほら、呼吸も荒くして」

お姉さんの問いかけは、間違いなかった。ものすごく不安なのだ。

それに、ぼくはこの場所で、お姉さんを相手に、二十年も大事にしてきた童貞をあげてしまうことになるのか。

お姉さんに不満があるわけじゃない。

でも、途中で打ち切りになってしまった富澤先輩は、二日、三日したら、島に帰ってきます。待っていてくだいねと、固い約束をしていった。初体験は富澤先輩にお願いするんだ。月明かりの下でファースト・キスを交わしたとき、亮太は自分勝手に決めていた。

しかし今ここで、お姉さんにもぐもぐされたら、ひとたまりもない。

だからといって、もうやめますと、断れない。

男の肉はびくびく震え、股間の奥は熱をたぎらせてくる。発射準備を完全に整えている様子なのだ。

「ぼくは、さっきも言いましたけれど、女性の経験は今まで一度もないんです。お姉さんに頬張られたら、二、三秒で出てしまいます。口の中に出したら、お姉さんだって気持ちが悪いでしょう」

お姉さんの目元が、とても、うれしそうに微笑んだ。

そして亮太の太腿の根元あたりに指先を添え、すすっと撫でていく。カバーするものはなにもない。やられっぱなし。

脳天まで響いていくような心地よさが、行き場を失っていた指先を痺れさせる。

「亮太君は童貞さん、だったわね」

お姉さんの声は、自分を戒めているようにも聞こえた。

「はい。相手がいなかったんです、彼女を作る時間がなかったというのか」

「あなたは、心の底まで清潔な男性だったのね」

えっ、なにがですか？　亮太はお姉さんの言葉がうまく理解できなかった。

躯はできるだけ清潔にしているつもりだ。練習が終わったあと、必ずシャワーを浴びているし、うがいもする。コロナが世界中にはびこる前から、歯磨きとうがいは、朝晩、励行していた。

でも胸の奥に石鹼を塗って洗ったことは、一度もない。そんなことはできっこないし。

「お姉さんの目には、ぼくの心の奥が見えるんですか」

亮太は真面目に問うた。

「そうね、はっきり見えてくるみたい」

「その結果、清潔そうに見えたとか？」

「あなたはね、自分の躯を大事にしているんです。行き当たりばったりで、今まで大事にしてきた童貞さんを、捨てることはできない。大好きで、心から愛している女性にあげたい、と、そう考えているんでしょう」

ずばり言い当てられて、亮太は返す言葉を失った。

菜穂子お姉さんは大好きだ。高校時代から大盛りの鰺フライ定食に鶏の唐揚げとか、豚の生姜焼きをおまけにつけて、食いしん坊の腹を満たしてくれた優しくて、細やかな女性だったから。

今、自分の頭に富澤先輩の姿がなかったら、勢いに乗じてお姉さんに任せてしまうかもしれない。でも、仕事の関係で長崎の保健所に帰った富澤先輩は、強烈な印象として、しっかり残っている。

白い礫を大量に撒き散らしたのに、先輩は自分のスカートや太腿が汚れていくことも厭わないで、抱きしめてくれた。

すんでのところで噴き出してしまいそうな緊急状況に追いこまれているのに、亮太の心根から、そんな富澤先輩の姿が消えていかないのだ。

(ぼくはどうしたらいいんだ?)

亮太の迷いは深刻になった。

心のどこかでは、誰も見ていないんだ。一度くらいやっても、富澤先輩にばれるはずがない、という黒悪魔の声が聞こえてくるし、もう一方では、自分の軀は大事にしなさいと忠告してくれる、純白のドレスをまとった天女様の姿も見え隠れする。

亮太は初めて知った。

この思いは、男の欲望の葛藤だ。

「あんまり考えすぎると、亮太君もわたしと同じように、金縛りにあってしまいますからね。ねっ、心配しないで。わたしは亮太君の童貞さんをください、なんて図々しいことは言いません。だって、わたしはたった四カ月でも、よその奥さんだったんですもの、亮太君ほどきれいで無垢な軀じゃないわ。あなたの初体験の相手には、ふさわしくない女なの」

えっ、それじゃ、やめてしまうんですか。それも困ります。ぼくの男の肉はぎんぎんに膨張して、一触触発の危ない状態に置かれているんです。

なんらかの方法で放出してやらないと、強烈な腹痛に襲われます。

お姉さんの裸を見ながら、指で出してやりたい。亮太の思いは、せっぱ詰まってくる。

だいいち、太腿のつけ根あたりを、そろりそろりと撫でてくるお姉さんの指の動きは、全然止まらないのだ。

這いまわる範囲が、だんだん広くなってくるし。

「今日は、勉強会でしょう。途中でやめるわけにはいかないの。ですからね、わたしはフェラチオの実習体験をして、あなたは、今まで一度も見たことのない女性の軀を、しっかり観察して、よーく記憶しておけばいいの。わからないところがあったら、さわってもいいのよ」

ぞくっとした昂ぶりが、全身を駆けめぐった。

お姉さんはフェラチオの実習をすると言っているし、さわってもいいというお許しも出た。

しかし、どちらが先に実習をはじめるのだ。

またしても亮太は、難問にぶつかった。

男の生理は、限界に達しようとしている。最初にもぐもぐされたら、すぐさま発射して、もしかしたら眠たくなるかもしれない。自分が最初に、お姉さんの股の奥を覗いて、そのあたりをさわったら、視覚と触覚の刺激に負けて、もぐもぐされる前に、噴き出す可能性もある。

噴き出してしまうと、ぎんぎんはだらしなく萎(しお)れてしまう。

菜穂子お姉さんはきっと、落胆する。こんなに小さくなってしまったのね、とかなんとか言って。

「お姉さんが最初に、もぐもぐするんですか」

人生の先輩だ。正しい判断をしてくれるはずだと、亮太は素直に聞いた。

「二人で仲よく、一緒にやりましょう」

お姉さんの唇の端が、にっと笑った。その表情が、亮太の目には、とても猥らしく映った。

「ええっ、一緒に、ですか。どうやって?」

理解に苦しんで亮太は、声を低くして聞きなおした。

「亮太君だって、知っているでしょう、シックスナイン。お互いが同時に、相互訪問するんです」

あーっ、お姉さんの顔つきは、本格的に卑猥化した。白い歯を覗かせながら、ほんのちょっと、鼻の穴を大きくしたからだ。

「ぼくに、できるんでしょうか」

「心配しないで。あのね、あなたは仰向けに寝たままでいいのよ。わたしが跨ってあげます。亮太君の顔の上に、お腿を広げて。そんな体位になったら、あなたはわたしのお股の間を、よーく見ながら、自由にさわれるし、わたしは無理なく、もぐもぐできます」

お姉さんの詳しい説明を聞いているうち、気絶してしまいそうな昂奮に襲われ、男の肉の根元に、激しい脈が奔った。

お姉さんの考えていることは、自分の想像の外にあった。亮太は感心した。

「ほんとうに、どこをさわってもいいんですね」

呼吸を乱して亮太は、念押しした。

「女性の軀は、わりと複雑にできているのよ。静かに、そっとだったら、ねっ、指を入れてもいいわ。さっき見たでしょう、お肉が縦に裂けているところを」

「ええっ、指を！　ぼくの指を、あそこに！」

「でも、今のうち断っておきます。あなたと同じように、わたしのお肉も、昂奮してくると、濡れてくるのよ。生ぬるくて、ぬるぬるのお汁が、奥のほうから滲んできて」

もう、だめだ。

亮太は目を閉じたくなった。そんな大冒険が待っているのだったら、今のうちにびゅびゅっと噴き出して、楽になってしまいたい。お姉さんの肉の裂け目に指を差しこむなんて、できそうもない。

それからね——。お姉さんは言葉を継いだ。

「はい、まだ注意事項があるんですか」

「もし、もしもよ、お指をわたしの膣（なか）に入れたとき、気持ちが悪くなかったら、キスをしてちょうだい。女はとっても気持ちよくなって、うれしくなるの、素敵な男性にキスを、ううん、あなたも知っているでしょう、クンニリングスをしてもらうと」

ほんとうに、ぼくはどうしよう！　亮太の頭は大混乱していく。

フェラチオだの、指を入れてもいいのよ、とか、クンニリングスをしてちょうだいなんて、お姉さんは無理難題を押しつけてくる。

「わたしが、あなたのお肉をお口に含んで、あなたはクンニリングスをしてくれるだけだったら、童貞さんを捨てることにならないでしょう」

変な理屈をこねられた。

が、亮太は小さな声で、そうですね、と答えていた。

どんな方法でも、今は下腹の奥底に溜まっている大量の男のエキスを、一気に放出してやらないと、今夜は眠れそうにない。

「さあ、勉強会をはじめましょう」

あっさり言ってのけた菜穂子お姉さんの裸が、仰向けに寝ている亮太の顔の上で、ひらりと回転したように見えた。亮太は思わず膝を立てた。遅かった。お姉さんの指が、そそり勃ったままでいる男の筒を、ぬるりと握りしめてきたからだ。

「太いわ……」

菜穂子がうめくようにつぶやいた。

男の肉に受けた気持ちよさより数倍強い刺激に、亮太の視覚は見舞われた。太腿を左右に、大きく広げたお姉さんの股の奥が、目の真上にぱかっと広がったからだ。

ついさっき、微動だにしなかった秘密の肉が、ぷくっと膨れ、薄いブロンド色に染まっている。もやもや茂る黒い毛は、露が降りたように濡れているし、肉の裂け目から、鮮やかな朱色の肉がこぼれかけている。

その上、少し白っぽい汁が、裂け目付近の粘膜を伝いおちた。

お姉さんはもう金縛りにあっていない。亮太は確信した。縦に裂けた肉の溝がひくひくうごめいているからだ。静止画像ではない。

亮太はそろりと指を上げた。

指の腹に生あたたかさが伝わってくる。なんだか湿っぽい。

(お姉さんの、ここの毛は縮れていたんだ)

そのとき初めて、亮太は発見した。

頭の髪は細くてまっすぐなのに、下の毛はカールしている。思い出した、じいちゃんがかわいがって飼っている、プードルの毛に似ている。

(お姉さんは言ったんだ)

さわってもいいのよ、と。

亮太の指先はほんのわずか、前進した。

あっ！　指の接近を感じたのか、裂け目の肉がぴくぴくっと震えた。ああっ、それに、少しずつ裂け目が左右に広がっていく。

「ほんとうにさわってしまいますよ」

息を詰めて亮太は言った。

「さわって」

小声で答えた菜穂子は、さらに太腿を広げた。徐々に股間を沈めてくる。すごいっ！　腹の中で亮太は叫んだ。肉の裂け目がさらに広がっていき、内側に埋もれていた粘膜が、にゅるりと溢れ出てきたからだ。

女の人の秘密の肉は、こんなことになっていたのか。

亮太にとっては新しい発見だった。

熟したイチゴ色だ。濡れてぴかぴか光っている。

きれいな色なのに、猥らしい。いろいろな形をした粘膜が、複雑に入り組んでいるせいだ。

さわるのが怖くなった。ものすごく繊細な肉に見えて。ちょっとさわっただけで、崩れて、溶けてしまいそうな。

毎日、土のグラウンドに這いつくばって、泥だらけになって練習を積んでいる手で、こんなに神聖な肉を、さわってはいけない。汚れてしまう。

あっ、そうだ！　亮太は思い出した。

お姉さんはキスをしてもいいのよ、って、言っていた。指より舌のほうが清潔に決まっている。

勇気を奮い起こして顔を上げ、舌先を伸ばしたのとほぼ同時に亮太は、獰猛(どうもう)なうめき声を発した。

男の肉の先端に、生ぬるいなにかがかぶさってきたからだ。すぐにわかった。お姉さんは口に含んだのだ。

ぐぶぐぶっと飲みこまれていく。

菜穂子の吸引力に負けて、亮太の腰がぐぐっと突きあがる。

（フェラチオって、こんなに気持ちがよくなるんだ）

お姉さんの口の動きに合わせ、亮太の腰は激しく上下する。じっとしていられない。自然の成りゆきだった。

昂奮に耐えきれなくなって亮太は、両手を伸ばし、顔の真上にかぶさってくるお姉さんのお臀を、両側から抱きしめた。柔らかくて、厚ぼったい。すべすべに張りつめている。

さわり心地のよさが、男の肉をますますいきり勃たせていく。

亮太の手に力がこもった。

引きよせる。そして顔を上げ、ぬるぬるに濡れたお姉さんの秘密の肉を、真下からしゃぶりついた。

「あーっ、亮太君！」

男の肉から口を離したお姉さんの叫び声が、犬の遠吠えのように聞こえた。

勇気を奮い起こして口を寄せたのだ。

離してはならない。しゃぶりついたまま亮太は、舌を出し、裂け目の淵を探った。猥らしい。お姉さんの縮れ毛が唇のまわりをくすぐってくるからだ。

そんなことより、舌先に粘ついてきた粘膜が、にょごにょご、ねばねばとうごめいて生あたたかい汁が舌先に粘ついてくる。

葛湯（くずゆ）みたいだ。

小学生のころ、風邪を引いたとき、ばあちゃんがこしらえてくれた。

おいしいと思ったことは一度もなかったけれど、軀があたたまっていった。

味は似ているような、似ていないような。

ちょっと甘酸っぱい。

あーっ、でも、ぼくはもう、だめだ。お姉さんの口の動きが、しつこくなってくる。口の動きに合わせ、スケべっぽい摩擦音が聞こえてくるのだ。唇と舌で男の肉をしごいている証拠だ。

お姉さんがどんな顔をして男の肉を頬張っているのか、見たくなった。が、すでに我慢の限界を超していた。

ほぼ根元まで、男の肉が飲みこまれた。筒先になにかが当たる。ノドチンコ？

お姉さんの舌らしい粘膜に、筒のまわりが舐めまわされる。少しざらついているから、なおさらのこと、刺激が強い。

「お姉さん、あっ、もう、あの、ぼく、出てしまいます」

亮太の声が、小さな茶室の壁に響いた。

お姉さんはうなずいたようだった。口の中に出してもいいんだ。どんなことになっても、ぼくは知りませんよ。今夜はものすごくいっぱい出そうなんだから。

瞬間、男の肉の根元が、びびっと切り裂かれていくような衝撃が奔った。

亮太の両手に渾身の力がこもった。お姉さんのお臀を抱きしめる。

お姉さんの喉が鳴った。飲みつづけている。

そのとき、顔の上に跨っていたお姉さんの股間が、ゆらゆらっと沈んできたのだった。

亮太の目の前が、真っ暗になった。

顔面に向かって、まともに崩れおちてきたのは、熱をこもらせ、ねばねばに濡れたお姉さんの秘密の肉だった。

中通島高校の野球部のコーチに来てから、六日目を迎えている。

赤いノックバットを持った亮太のノックは、すでに一時間以上、つづいていた。

内野守備の練習だ。亮太のノックは、どんどん意地悪っぽくなっていく。捕れないとわかっていながら、右に、左に打ち分ける。後輩たちのユニフォームはあっちに転び、こっちにぶっ倒れ、泥にまみれて、真っ黒。

「こらっ！　そんなことでは県大会の一回戦で負けてしまうぞ！」

叱咤の声は、ノックバットを振る回数が増えていくにしたがって、でかくなっていく。

今日は朝から亮太は、いらいらしていた。

早朝の六時半、枕元に置いてあったスマホが鳴った。

きっと富澤先輩だ！　画面を見る前に、そう決めつけ、スマホを取った。画面に先輩の笑顔が浮きあがった。眠気が一気に吹き飛んだ。

が、スマホから聞こえた先輩の声は、つれなかった。

「ごめんなさいね。島に帰るのが、あと三日ほどあとになるの。急に保健所の研修会が入ってしまって。でも、待っててくれるわね」

先輩の声は優しかったけれど、亮太はむっとむくれた。

腹の中で亮太は、反抗的になった。

（もう、帰ってこなくてもいいよ）

一日延ばしにするのは、ずるい。

そんな早朝のアクシデントが、後輩に対するノックを意地悪にしていた。グラウンド二十周のランニングは終わっているから、選手たちは疲れているはずだ。普通だったら、終わってもいい。が、練習が終わっても、行く場所がない。

大盛り定食屋さんに行くのは、ものすごく気が引ける。

菜穂子お姉さんの茶室でやってしまった戯(たわ)けは、度がすぎたのではないかという反省もあって、店に行けない。

事が終わったあと、亮太はズボンのポケットからハンカチを取り出して、お姉さんの顔を拭いた。

男のエキスの噴射は、やっぱり大量だったらしい。お姉さんの顔に飛び散っていたのだ。ごめんなさい。止めることができなかったんです。亮太は小声で謝った。なにも知らないでやってしまった自分の責任が、事が終わったあとの、どこか白けた雰囲気を作ってしまったのではないか、と。

一夜明けても、いらいらのはけ口がないから、後輩の練習を厳しくして、憂さを晴らしている。

「おいっ、篠塚！　あと、三十本いくぞ」

亮太は大声をあげた。

篠塚勇介は今年の四月、二年生になる。したがって現在地は高校一年生の新米で、上級生にしょっちゅういびられているらしい。

いびられる理由は、もうひとつあった。

躯が小さい。身長は一メートル六十センチにも満たないし、野球部で活躍するにしては細っこい。渾名は、スルメ。しかし野球は好きなようで、グラウンド二十周の特訓にもへこたれない。

「はいっ、お願いします！」

スルメの返事は元気で、でかい。

あと十センチも身長があったら、レギュラーになる根性を持っているが、あまりにもひ弱で、この体型では、相手投手になめられる。先輩としては、なんとかしてやりたいのだが、背の低さだけは助けようがないのだ。

おおよそ三十本のノックが終わった。

「よしっ、よくやった。明日のノックは二百本にするから、今夜はお母さんにうまい晩飯を作ってもらって、腹いっぱい食べて、よく寝ることだ」

亮太のすぐ前まで走りよってきたスルメは、帽子を脱いで、ありがとうございました。明日もよろしくお願いします！　と、礼儀正しい。

そして、外野のフェンスに目を向けて、

「先輩からお母さんに、頼んでください。お母さんは魚料理ばかりで、肉を食べさせてくれないんです」

かわいらしいお願いをされて、亮太はフェンスに目を向けた。

息子の練習を見にきたのだろうか。小柄な女性が手を振った。

白っぽいダウンジャケットにジーパンで、長い髪が風に吹かれてなびいている。

「わかった。おれから頼んであげよう。肉をもりもり食べたら、もう少し軀でかくなるだろうしな」

スルメはフェンスに向かって走った。余計なことを言わなければよかったと、半分後悔しながらも、亮太はスルメのあとを追った。

夕方の七時前になってやっと、窓の外に夕闇の帳(とばり)が下りはじめた。

(とんでもないことになってしまった)

スルメの家のリビングルームに案内されて、亮太はすっかり落ちつきを失った。

「勇介は喜んでいました。畠山様に毎日、特訓とかをしていただいて。ご飯もよく食べるようになりましたし、夜はベッドに入ると、一分もしないうちに熟睡しています」

スルメの家は中通島高校から、自転車に乗って十五分ほどの距離にある二階建てだった。

お母さんはときどき、息子の練習を見学するらしいが、亮太が臨時コーチとして面倒を見るようになってからは、初めての参観だったらしい。

亮太の勧めが効を奏したのか、夕食の食卓には二百グラムはたっぷりありそうな牛ヒレのステーキが並んだ。ご一緒にどうぞ、召しあがってくださいとお母さんに招かれて、亮太は図々しくスルメの家に入りこんでいた。

食事が終わって三十分と経たないうちにスルメは、自分の部屋で素振りを百回やって、お先に休ませてもらいますと、さっさと階段を上っていった。

リビングルームに取り残されて亮太は、帰るチャンスを失った。すっかりまごついて、大男は身の置き所がなくなっていた。

グラウンドでノックバットを振っていたときの威勢は、影も形も消えうせて、部屋の隅でコーヒーを淹れているらしいお母さんの後ろ姿を、こっそりとうかがった。

（お母さんはいくつなんだろうか）

そんな疑問が、ふっと胸をよぎった。

スルメは十五、六歳だ。だとするとお母さんは、四十歳前後か。女性を見る目はいまだに0点だけれど、高校一年生の息子がいる母親とは、とても見えない。立ち居振る舞い、小作りの顔立ちは若々しい。頬にも艶がある。それに山形に整った唇が美しい。

そんなことより、ものすごく不思議なことは、お父さんの姿がないということだ。

思い出してみると、玄関に並んでいたシューズは、スルメ用とお母さん用だけで、男の靴がなかった。普通だったら、お父さんはもうすぐ帰ってきますから、待っててあげましょうね、くらいの話は出るはずなのに、ステーキ用の肉は三枚だけで、四枚なかった。

出張中なのか、それともどこかの土地に単身赴任なのか。

いくら考えても、亮太の頭に正しい答えは出てこなかった。

スルメが二階に駆け上っていったあと、お母さんとなにを話していいのかもわからない。食い逃げみたいに、さっさと帰ることもできなくなって、亮太はだんだん居心地が悪くなった。

「そうだわ、畠山様はお酒をお呑みになるのでしょう。コーヒーなんてお色気がなかったわ」

お母さんは足早に大型の冷蔵庫の前に行って、一本のボトルを取り出した。

黒っぽいボトルはワインらしい。

ふたつのグラスとボトルを手にしたお母さんは、六人掛けの食卓を挟んで、真ん前に座った。なんだか距離が遠すぎる。お母さんはぼくを敬遠しているのか、と。家に帰ってきたときに着替えたらしいワンピースは、藤色の薄物だった。

変なことを思い出して、亮太は腹の中で笑った。

テレビで何度か見た。とある国の大統領と国防大臣が打ち合わせているらしい図だったが、二人の距離が遠すぎた。

あれじゃ、秘密の会談はできないだろう。

ぼくとお母さんの距離は、それに似ている。

息子に催促されて、臨時コーチを食事に招いたものの、主役である息子がいなくなって、戸惑っているような。

お母さんもきっと、毎日面倒を見てもらっている息子のお礼にと、儀礼的に食事に招いてくれたのだろう。亮太は一人で判断した。言葉づかいも、ものすごくよそよそしい。

できるだけ早く帰ろう。

お母さんは濃いぶどう色のワインを注いで、テーブルにすべらせ、さあ呑んでくださいと勧めた。アルコールはあまり好きじゃない。呑んでもビールだ。

「いただきます」

それでも亮太は正しくお礼を言って、グラスを取った。無理やり口に流しこんでみる。

甘ったるくて、全然おいしくない。

「勇介は、かわいそうなんです」

グラスを指で挟んだまま、お母さんはぽつりとつぶやいた。

「かわいそうだなんて、ぼくには見えませんけれどね。十九人いる部員の中で、一番元気で張りきって、練習に励んでいます」

「きっとあの子は、自分のストレスを、野球の練習で発散させているのかもしれません。畠山様がコーチをなさるようになってから、勉強も忘れて練習に打ちこんでいるようです」

お母さんのひと言、ひと言が、ずしんずしんと胸に響いてくる。スルメはまだ高校生だ。野球の練習がどんなに愉しくても、勉強を忘れてはならない。

そう考えていくと、第三者にはわからない、なんらかの訳がありそうだ。

「ぼくはなにも知りませんが、あの、ご家庭内に、なにかいざこざがあるとか？　彼の年ごろは、意外なほどナイーヴなこともありますからね」

「畠山様のことを、お兄さんか、それとも父親と思っているのかもしれません」

ええっ、ちょっと待ってください！　兄貴の代わりはできても、父親代わりはできない。自分はまだ二十歳の若僧で、だいいち、スルメの父親になると、すっかり気落ちしたようなお母さんの、ご主人ということになる。

それは無理な話だ。亮太はこっそり、頭(かぶり)を振った。

「すると、勇介君のお父さんは所在不明になった、とか？」

お母さんの顔色をうかがいながら、亮太はこわごわ聞いた。手にしていたワイングラスをテーブルに、ごとんと戻して、お母さんはうつむいた。

このうっとうしい環境を、元に戻す知恵はない。亮太もお母さんに習って顔を伏せた。だから自分に言いきかせたんだ。早く帰れ、と。すごくおいしくいただいたヒレステーキが、消化不良になるじゃないか。

お母さんが顔を上げたようだ。

バッターボックスに立っているとき、決して目を向けてはならない捕手の構えが、こそっとインサイドに位置を変えたときに似ている。そんなことは、気配でわかる。

「初めてお会いした畠山様に申しあげることではありませんが、あの子の父親は、あの、あの子が四歳のときに家を出ていって、今は北海道の稚内(わっかない)に住んでいるようです」

ええっ！　それじゃ日本列島の北と西に、父子（おやこ）は離れ離れになっているのか。

「ずいぶん遠いところに行ってしまったんですね、お父さんは」

「父親は篠塚勇之介（ゆうのすけ）と申しまして、北海道に行ってしまうまでは、この島でも腕利きの漁師でした」

「今、北海道でなにをなさっているんですか」

「漁師です。それがとってもお恥ずかしい話ですが、稚内の漁師のお嬢さんと、あの、まあ、簡単に申しあげますと、駆け落ちしたらしいのです」

稚内のお嬢さんとどこで巡りあって、なぜ駆け落ちしたのか、詳しい話は聞きたくない。スルメもかわいそうだが、打ちひしがれている様子のお母さんは、もっと気の毒だ。

ひょっとすると稚内の漁師のお嬢さんに、ヘッドハンティングされたのかもしれない。スルメのお父さんの漁法に一目惚れして。

内面はなにもわからないが、表向きのお母さんの容姿は、中通島でも五指に入る美人さんに見えてくる。お父さんは血迷ってしまったのか。稚内に逃亡するなんて、考えられない。

やっぱりぼくは、アホだ。

なんで、こんなこみいった家庭内騒動に首を突っこんでしまったんだ、と。

「そうすると勇之介さんとおっしゃるお父さんと、スルメ、いえ、違いました、勇介君はその後、会っていないんですね」

それまで、眉間に小皺を刻ませ、緊張しきっていたお母さんの表情が、急にゆるんだ。もう一杯どうぞと、腰を上げ、ワインボトルを傾けてきた。

おいしいとは思わないワインだけれど、凝り固まってしまったこの部屋のムードを、少しでも和らげる方法は、アルコールの力を借りるしかないと、亮太はグラスを差し出した。

どきんとした。

上半身を前倒しにしたお母さんの、紫色のワンピースの襟元（えりもと）が広く割れて、黒っぽいブラジャーに包まれた乳房の谷間が、丸見えになったからだ。真っ白だ。つやつや照っているような。

目を伏せたら、ワインをもらい損ねる。

無理やり目を上げた。
十五、六歳の息子がいるお母さんのおっぱいが、こんなに美しいとは、想像もしていなかった。だいいちお母さんの乳房を見たいとは、考えてもいなかった。

ワインを注いでもらったグラスを戻すなり、亮太は目をつむって一気呑みした。

「スルメでよろしいんですよ。あの子も喜んでいるんです、自分の渾名がスルメとつけられて」

答えたお母さんの声に、笑いが混じった。

「勇介君が、ですか」

「はい。スルメは嚙めば嚙むほど味が出て、おいしくなる。ぼくもそんな人間になりたいと、自慢そうに言っています」

父親の家出話から、すっかり暗くなっていた二人の空間に、一筋の明るい光が射した。いや、スルメの話より、ぽっかり浮かんだお母さんの、艶めいた乳房を覗かせてもらった刺激が、亮太の気分をポジティヴに変化させていく。

「勇介君の練習の相手をさせてもらって六日経ちましたが、彼の闘争心、向上心は見上げたものがあります。決して弱音を吐きません」

スルメを誉めているより、お母さんを勇気づけてあげたくなった。

浮気っぽい父親は、息子が四歳の折、稚内の女性と連れだって、いそいそ家出をしたらしいから、十年か十一年、この美人お母さんは健気にも、息子の養育のみに自分の人生をかけてきたことになる。

自分にはよくわからないけれど、寂しい日もあったに違いない。亮太は一人で哀れんだ。

早く帰ろっ、と、ついさっきまで、胸三寸に強く言いきかせていたけれど、亮太の腰は逆に、どっしりと椅子に座ったまま、立ちあがろうとする気配もなくなった。ぼくでよかったら、今夜はお母さんの慰め役になってもいいと、亮太は腹を据えた。

「十年以上も音信不通だったら、お父さんのことは忘れてしまったほうが、お母さんも健康的な生活を送れると思いますが」

「はい。わたしも、そう思います。でも……」

お母さんはまた口をつぐんで、顔を伏せた。

困った人だ。

そうか。お父さんのいない日々は、心身躁鬱（しんしんそううつ）状態に追いこまれるときがあるのかもしれない。ぼくはひと晩ぐっすり眠ったら、いやなことは全部忘れてしまう特技を持っているけれど、女の人の神経は、それほど単純にできていないらしい。

「お母さんも、もっと呑んでください」

他人の家なのに亮太は、図々しくワインボトルを取って、お母さんに勧めた。

お母さんの手が弱々しく伸びてきた。

やっぱり話が遠すぎる。

亮太はボトルを手にしたまま、椅子を立って、お母さんの真横に歩いた。はっとしたように、お母さんは目を上げた。瞬間、怖いものを見たように目尻を吊り上げたが、すぐにその目は微笑みに変化した。

うん、やっぱり、むずかしい話は膝を詰めるべきなのだ。

「主人が家を出ていったあと、こんなに身近で、素敵な男性とお酒をいただくのは、初めてなんですよ」

お母さんの言葉づかいが、急に柔らかくなった。

少しでも気を許したのか。

「いえ、ぼくはまだ二十歳になったばかりの若輩者で、素敵な男性なんてお母さんに誉められると、あの、尻の穴が……、いえ、ごめんなさい。ぼくは言葉のつかい方を間違いました。下品でした。その、軀全体がくすぐったくなるほど、恥ずかしくなります」

「いいえ、年齢なんて関係ありません。さっき高校のグラウンドでお会いしたとき、畠山様の腕や首筋、額に玉の汗を滲ませていらっしゃいました。立派な体格をなさっている男性の汗は、女の心を昂揚させていくんですよ」

ああっ！　亮太は声をあげそうになった。

むしろ青ざめていたお母さんの頬に、ぽっと赤みが差したからだ。

お母さんのあまりの変化に、自分の軀がぽーっとのぼせていくように、亮太は感じた。ワインのせいではない。

「今夜のぼくは、ちょっとおかしくなってきました。お酒はあまり呑まないんですが、お母さんと二人で、このボトルを空けたくなるほどです」

言いながら亮太は、お母さんの真横の椅子に腰を下ろした。

「わたしと、でも、よろしいの」

「そんなひがんだ言い方は、やめてください。あなたはスルメ君のお母さんでしょう。ぼくは、もっと痩せ細って、生活疲れをした女性かと想像していたんですが、つい、今しがた、びっくりしたんです」

「えっ、なにを？」

言葉に出して説明したほうがいいのか、どうか、亮太は本気で迷った。

口に出したらお母さんは、烈火の如く怒って、今すぐお帰りなさいと、追い出されるかもしれない。が、アルコールの勢いとは恐ろしい。しかも呑みなれていないワインの強力は、亮太の口をなめらかにしていく。

「さっき、お母さんのワンピースの襟元が大きく開いて、ものすごくきれいなおっぱいがふたつ、ぼくの目の前で揺れたんです。ぼくは思わず、生唾を飲んでしまいました。スルメ君のお母さんじゃなかったら、きっとぼくは、前後の見境もなく、抱きついていったと思います。ぼくだって、健康的に育った一人の男ですから」

お母さんの目がきらりと光ったように、見えた。

「勇介の母親では、落第でしょうか」

すがりついてくるようなお母さんの眼差しが、電流の速さで亮太の胸を撃ちぬいていく。思わず亮太は、ぶるっと身震いした。お母さんの問いかけを、どう判断すればよいのか。

亮太は懸命に、どんどん過激になっていく己の昂ぶりを抑えた。

無意識だった。手にしていたワインボトルを掲げ、ラッパ呑みした。

噎せそうになる喉をこらえた。

「ひとつお聞きしてもよろしいですか。お母さんに抱きつく前に、です」

お母さんの膝が乗り出した。

頬の赤みが濃くなってくるし、唇を噛みしめる。

「どのようなこと、でしょうか」

「お母さんの名前を教えてください。お母さん！　と叫んで抱きついたら、ぼくは自分の母親を思い出してしまうかもしれません。そんなの、笑い話にもならないでしょう」

お母さんの指先が、唇を押さえた。

笑いを噛み殺しているらしい。

「では、わたしの名前を優しく呼んで、抱いてくださるのでしょうか」

お母さんは問いかえした。

「ええ、はい。今ぼくは、一生懸命考えているんです。お母さんをどんな恰好で抱こうか、と。お母さんは小柄な女性でしょう。力任せに抱きついたら、骨を折ってしまうかもしれない」

「十一年ぶりに、素敵な男性に抱かれるのですから、腕の一本や二本折れても、構いません」

椅子の脚を引きずって、お母さんは二人の距離を狭めてきた。

抱かれることを望んでいる姿だ。亮太はそう判断した。

「それで、あの、肝心のお母さんの名前を教えてください。ぼくの両手は今、うずうずしているんです。一秒でも早く抱きたいからです」

「はい。ほたる、です」

「えっ！　ほたる？」

お母さんの口から、考えてもいなかった名前が出てきて、亮太は一瞬、ぼんやりした。

「戸籍上は漢字で蛍と書きますが、平仮名でもいいんですよ」

そうすると、ほたるがスルメを生んだことになる。

おもしろい取り合わせだ。

「素敵な名前ですね」

「わたしの生まれ故郷は長野県の佐久（さく）で、わたしが生まれたその夜、家のまわりに蛍が飛んできて、その青白い蛍火を見て、父親は蛍と名づけたそうです。いい加減でしょう」

「いえ、ぼくはますますお母さん……、違いました。ほたるさんが好きになりました。詩情がこもっています」

「変な名前でも、抱いてくださいますか」

近づいてきたお母さんの膝頭と亮太の膝が、こつんとぶつかった。

瞬間、亮太の目は階段に向いた。寝ぼけたスルメが階段を下りてきたら、一大事だ。心配しないでください。あの子は朝の七時まで、絶対起きません。お母さんの声が、顔の真ん前から聞こえた。

生あたたかくて、甘酸っぱいワインの匂いをこもらせた荒い息づかいを道連れにして、だ。

「ほたる、さん」

感情を殺すことができなくなった亮太の、震え声と一緒に、両手が伸びた。危うく舌を嚙みそうになった。

あっ！　お母さんは小声を上げた。

お母さんの全身を、ひょいと持ち上げるなり亮太は、横抱きにしたまま、太腿の上に乗せたからだ。太腿の上でお母さんの軀が、軽くバウンドした。

お母さんの瞳が、まん丸に見開いた。じっと見すえてくる。

「こんな抱き方をされたのは、初めて、よ」

お母さんの言葉づかいが、わずかに砕けた。

「ぼくは今、猛烈にエキサイトしていますから、立ちあがって抱いてしまうと、よろけてしまうかもしれないので」

「わたし、そんなに重くありません。でも、とっても安心です。まるで大きな揺りかごに乗せられたような感じになって」

「安心されても、困るんです」

「あら、どうして？」

お母さんの言葉に、甘えが混じってくる。

女の人の態度は、そのたびに豹変する。亮太は再確認した。ついさっきまでの他人行儀で、よそよそしい物言いは一変している。

心も軀も許しているような。

「ぼくは今、W大学で毎日、野球の練習と試合に明け暮れているんです。夜は寮で寝起きしていますから、遊ぶ閑もありません。先輩の目も厳しいんです。したがって、女性の友だちはいませんから、慣れていないんです」

「真面目な学生さんだったのね」

「しかしですね、ほたるさんほどきれいで魅力的な女性を両手に抱いてしまって、男の本能が、かっかと燃えさかってきました。ものすごく軀が熱いんです」

「わたしのような歳上の女性でも？」

「ぼくはさっき言ったでしょう。ほたるさんのおっぱいを覗き見してしまいました。上半分だけでしたけれど。黒っぽいブラジャーに包まれて。つやつやしていたんですよ。二十歳の男には刺激的すぎました」

「うれしい。わたしのおっぱいを、誉めてくれたのね」

「ぼくの本心を言いますと、ワンピースの襟元から手を差しこんで、柔らかそうなおっぱいを、揉みほぐしたくなったんです。いけないことですか」

「いいえ、そんなことを考えてくれたなんて、女の悦(よろこ)びよ。あなたほど若くて素敵な男性に愛されているんでしょう。夢心地、だわ」

「揉みほぐすだけじゃないんです。ブラジャーからおっぱいを引きぬいて、舐めて、しゃぶりつきたくなったんです」

「あーっ、だめ、もう、それ以上のことは言わないで。おっぱいが固くなってくるわ。しこってきて。あなたの手が今、おっぱいに伸びてきて、揉まれているようよ」

「気持ちが悪くなってきたんでしょう。ぼくの手は毎日、バットスイングを繰りかえしていますから、マメができているし、皮も固くなっています。ほたるさんの、柔らかそうなおっぱいを、傷つけてしまうかもしれません」

「いいの、なにをされても。あなたの手で傷をつけられたら、わたしはうれしいだけ。女の悦びですもの」

かすれた声をもらしたお母さんの頭が、がっくりと仰け反った。胸を盛りあげるようにして。

ワンピースの襟元から、早く手を入れてちょうだいと、せがんでいるようなポーズにも見えてくる。

が、亮太の手は、襟元ではなく、ワンピースの裾に伸びた。

わずかに乱れた裾を、掻き分けていたのだ。

意図的な行動ではない。おっぱいをさわるより、太腿を撫でてみたいという欲望が、先走った。

「ああっ、そ、そこは、ねっ、おっぱいじゃないでしょう」

今にも叫びそうになった声を、お母さんは必死に押しとどめた。

「ほたるさんの軀の、いろいろなところをさわりたいと考えるのは、仕方がないことでしょう。それとも、太腿は進入禁止区域ですか」

瞬間的だが、お母さんの指はスカートの裾を押さえた。が、すぐ力はゆるんだ。

「太腿は感じるところなのよ。内腿は、もっと」

お母さんの言葉は、そんなところに手を入れてはいけませんと、拒否しているのか、それとも誘っているのか、よくわからない。

が、ぴっちり閉じられていたお母さんの太腿から力が抜けていく。重ね合わせていた太腿の隙間が、少しずつゆるんでいく。内腿に入ってきて、と、太腿の肉が素直に訴えている。亮太は、そう受けとった。

亮太は手を差しこんだ。

むっと生あたたかい。

指先をそっと動かした。内腿に潜り込んだ。柔らかい肉をすべすべの薄い皮膚で、しっかり包みこんでいるような手ざわりだ。

どこまで手を入れてもいいのだろうか。

亮太は真剣に考えた。菜穂子お姉さんは、太腿を開いて、その奥の秘密の肉を見せてくれた。だからお母さんの太腿の奥がどんなことになっているのか、おおよその想像はできる。けれど、ワンピースの裾に隠されているせいか、秘密っぽい。

ほんの少しずつ、おそるおそる指を前進させていく。生あたたかさに湿り気が加わった。行き止まりまで、なかなか届かない。

「あーっ、あなたの指が、ねっ、近づいてくるの。もう十年以上も、そこは誰も入ってこなかったところよ。でも、すごく敏感になっているわ。もう少しよ。わたし、怖い。大きな声をあげてしまいそうで」

切れ切れの声を発したお母さんの脚が、突然としてワンピースの裾を跳ねあげ、暴れた。ほっそりとしたふくらはぎと太腿が、ワンピースの裾からはみ出した。

ほぼ同時に、お母さんは上体を起こした。

亮太の首筋に食らいついてきたのだった。

荒い呼吸をぜいぜい吐きながら。

はっとした。男の肉が勢いよくいきり勃っていたのだ。おまけに、お母さんのお臀を突き上げている。

亮太の首筋にしがみついてきたお母さんが、顔を上げた。涙目になっている。

「ごめんなさい。ほたるさんの太腿は、ものすごくさわり心地がよくて、知らないうちに、元気になってしまったんです。まだぼくは二十歳で、勢いを止める技術がないんです」

心から謝った。無断でお臀を突いてきたら、誰だってびっくりするだろう、と。

「ねっ、ドライブに行きましょう。海が見える丘まで」

お母さんの声が、ひっそり聞こえた。

やっぱりお母さんは、ぼくよりずっと大人だ。こんなことになっても、自分の欲望を抑えることができるんだと、すっかり気落ちしながらも、亮太はお母さんの内腿から、いやいや手を抜いた。

第四章　白い灯台の見える丘

青白い月明かりが、白い灯台をぽっかりと浮きあがらせる。まるで一幅の絵画のように美しく。津和崎(つわざき)灯台は中通島の南端に位置して、島の観光名所にもなっていた。

ほたるお母さんが運転した大型のワンボックスカーは、灯台の見える丘まで走って、音もなく停まった。

ほたるさんの運転技術は見あげたものだった。ハンドルの操り方が鮮やかだった。夏の盛りはこのあたりも、本土からやってくる観光客で賑わうが、今は人影もない。エンジンを止めてお母さんは、ハンドルに両腕をついた。

「夜の灯台は、きれいなのね。幻想的に映って」

お母さんは独り言のように、つぶやいた。

「はい。ぼくも久しぶりに、灯台を見ました」

「ごめんさないね、急にドライブに誘ったりして」

顔も向けず、お母さんは言った。

「いいんです。ぼくも暴走しかけていましたから、中休みの時間を作ってもらって、ほっとしています」

ほんとうのところは、ほっとしていない。

家を出てから二十分ほど経ったが、いまだに股間は熱っぽく、男の肉は、元の形に戻らない。

「あの家は、まだ十年前の匂いが残っているんです。わたしの軀のどこかに、平和だったころの三人家族の思い出が、しつこくこびりついているのかしら。そんな場所で、あなたに抱かれたら、新鮮な女の悦びが感じられないでしょう。わたしはそう思って、外に出たかったの。ごめんさない」

言葉の終わらないうちに、お母さんの上体は、まだなにかを言いたそうに、コンソールボックスに乗り出してきたのだった。

「ぼくは夢中でした。今を逃がしたら、二度とお母さんと……、いえ、ほたるさんに会えないかもしれない、なんて考えたりして」

「勇介が中学校に入ったころから、勉強のつもりでわたしも野球を見るようになったんです、テレビでね。あの子と野球の話ができないのは、親として失格でしょう。でも、だんだんおもしろくなってきました、野球が」

「それから、スルメ君を応援しはじめた、とか？」

「野球観戦も、毎日の生活に役立ってくれることもあるんですよ。今夜も……」

「えっ、なにが役立ったんですか」

「打者がバッターボックスをはずすときがあるでしょう。そんなときは、打者が追いこまれているときが多いのね。カウントがノーボール、ツーストライクになったりして」

「ピッチャーのペースを狂わせてやろうと、わざとボックスをはずして、ひと呼吸おくんです」

「そうでしょう。打つほうはインターバルをおいて、気持ちを落ちつかせているんでしょうね。次はどんなボールを投げてくるのか、予測したりして」

「ほたるさんは、細かなところまで見ているんですね」

「さっき、あなたに抱かれたわ。揺りかごに乗せられたような気持ちになって、あのまま、あなたの胸に埋もれてしまいたかった。でも、ちょっとだけ考える時間がほしくなったのね。このまま最後まで、全力で走ったら、あとで、なんであんな大人気ないことをやってしまったの、って、後悔するかもしれない。それにあなたはまだ二十歳の若い男性ですもの。四十一歳になる女はブレーキ役にならないと、いけないと思ったのね」

「えっ、それじゃ、ブレーキを掛けてしまったんですね」

お母さんの年齢が四十一歳だったことは、今、初めて知ったが、白い灯台の前で、これからなにが起こるのだろうかと、気合をこめていた全身から、急速に力が抜けていく。

自分が恥ずかしい。

一人勝手に昂奮して、無謀にも、お母さんの太腿までさわってしまった。それも、しっとりと生あたたかく保温された内腿の奥のほうまで。

男の肉はいきりまくった。棒勃ち状態になるまで育った。

「そう。お外に出て、冷たい風に吹かれて、わたしは冷静さを取りもどしました」

それは殺生だ。

灯台を見るより、ぼくの家まで送ってもらったほうが、潔くあきらめることができる。じいちゃんと地酒を呑んで、ぐっすり眠って、明日の練習は意趣返しをしてやる。後輩たちに渇！　をくれて、強制ランニングの命令を下すまでだ。

「ちょっと寒くなってきました。帰りましょうか。お母さんはどこへ行ったのかと、スルメ君が心配しているでしょうから」

亮太の内心は、半ばやけくそになった。

途中でやめられるのが、一番辛い。下腹は爆発しかけているんだ。

「お帰りになりたいんですか、畠山様は。わたしを一人ぼっちにさせて」

コンソールボックスを乗りこえそうになっていたお母さんのお臀が、すとんと落ちた。

「こんなことをしたら後悔すると考えたのは、お母さんでしょう。歳下のぼくは、お母さんの意見を尊重するしかないんです」

「あなたは大きな軀をなさっているのに、女の言いなりになってしまう意気地(いくじ)のない男性だったんですね。ワインを呑んでいるとき、わたしのことを、大好きだとおっしゃったでしょう。あれは口先だけだったのでしょうか。主人に家出をされた情けない女を、いっときだけ哀れんでくださっただけなのね」

お母さんの口調に、わずかに険(けん)があった。

半分は悔しさを滲ませて。

「こんな忙しいとき、突然、急ブレーキを掛けられたら、ぼくだって膨れっ面(つら)になります。自分の軀を元どおりにするには、時間とか、我慢が必要なんです。男の軀はわりと、不自由にできているんです」

「誰が我慢をしなさいと言ったんですか。わたしはひと言も、そんなこと、申しあげておりません」

どこかで、ボタンを掛け違ってしまったみたいだ。お母さんの口調は、切り口上になってくる。

口には口を、目には目を、みたいな喧嘩腰になっているのだから。

内容が内容だから、言い争いの終息が見えてこない。

「ぼくはものすごく期待していたんです。まわりは誰もいない。車は大きい。リビングルームのつづきができるかもしれない、って。ぼくの手のひらには、お母さんの太腿のなめらかさとか、ぬくもりが残っているんです」

「畠山様！」

お母さんの甲高い声が、車内に響きわたった。

びくりとして亮太は、身構えた。

「そんな大きな声を出さなくても、お母さんの声は、ちゃんと聞こえてきます。ぼくは、視力も聴力も優秀なほうですからね」

「ほら、また、おっしゃった。お母さん、て、お母さんて誰のことですか。わたしの名前はほたるです。お母さんじゃありません」

あーっ、困った。ああ言えば、こう言うで、お母さんは本格的に怒りはじめたみたいだ。

「でも、二人は言い争っているんですよ、唾を飛ばす勢いで。ほたるさん、なんて甘えて呼べる雰囲気じゃないでしょう」

「わかりました。それじゃ、後ろのシートに移りましょう。運転席と助手席では、話が遠すぎます」

言いおいてお母さんは、さっさと後部座席に乗り移っていった。

また怒鳴られるのかなと不安になりながら、亮太はすごすごと後ろのシートに移動した。謝るのも、癪にさわるけれど。

(へーっ、広いんだ)

シートも大きい。窓にはスモークが貼られていて、月明かりも遮断されている。

今は、どんなに怒られても、じっと我慢するしかない。耐える時間なのだ。自分にしっかり言いきかせ、気を鎮め、亮太はゆっくりとシートに腰を下ろした。

ああっ！　次の瞬間、亮太は大声を発した。

黒い影が、ゆらりと太腿の上に圧し掛かってきたからだ。

亮太はかっと目を見開いた。黒い影がお母さんだったことを知るまで、たったの一、二秒。

無意識に亮太は、抱きしめた。

うぅっ！　亮太はうなった。

なにかが唇にかぶさってきたからだ。そのなにかが、お母さんの唇だったことを知るまで、やはり一、二秒かかった。亮太の太腿の上に横座りになったお母さんは、亮太の首筋に両手を巻きつかせ、唇を合わせにきたのだった。

生あたたかい粘膜に、唇が割られていく。

その粘膜が、ぬるぬるっと侵入してくる。

亮太は吸った。太腿の上に重なったお母さんのお臀が、激しく揺らめいた。むっちりとして、なんだかものすごく猥らしい肉の盛りあがりと割れ目が、太腿に直接かぶさってきたのだ。

（お母さんこそ、わがままで、自分勝手だ）

一方的に突き放した言い方をしたかと思うと、突如として抱きついてきて、キスを強要してくるのだから。

が、亮太の喧嘩腰はたちまちにして、腑抜けた。甘酸っぱいお母さんの唾に、喧嘩の腰がだらしなく折られていって。

「ああん、亮太さんの手は、なにをしているの」

唇を離したお母さんの口から、初めて亮太の名前が出た。

口応えをする力が出てこない。あっという間に、お母さんのペースに嵌まっていく。

「行き場を失っているというのか。でも左手はお母さん、いえ、ほたるさんの背中を抱いています」

「右手は？」

「やりたいことは、いくつかあるんですが、手が自由に動かなくなってしまったんです」

「やりたいことって、たとえば、どんなこと？」

「こんなことを言っても、怒らないでください。ぼくのほんとうの気持ちなんです。たとえば白桃のように、丸く、きれいに実っていた、ほたるさんのおっぱいを、柔らかく包んでみたいとか。それから、リビングルームでやり残したんですが、内腿のもっと奥のほうまでさわりたい、とか。ぼくも男ですから」

「今は、どちらを先にしたいんですか」

亮太は答えに詰まった。

お母さんの急速な心移りについていけない。急ブレーキを掛けたと思ったら、アクセルを思いっきり強く踏んで、急発進するのは、ずるい。そんな運転は事故のもとだ。

「むずかしい質問ですね」

ほんとうのお母さんの意思は、どっちなんだと、まごついてしまう。

「あら、どうして？」

「さっきも言いましたけれど、ぼくの女性経験はゼロに近いんです。女の人の軀にさわりたくなっても、相手をしてくれるのは、雑誌のグラビアか、スケベっぽいビデオですから、ぼくの想いは、全然通じないんです」

「それじゃ、わたしが初めて？」

「ええ、はい」

ウソを言うつもりはなかったけれど、富澤先輩のことや、大盛り食堂のお姉さんとの関わりを、詳しく説明することはできない。だいいち、二人の女性との関係は、まだトバロに留まっていた。

お母さんの目が、薄闇に没している車内を、注意深く見まわした。

「バッターボックスをはずして、わたし、ピッチャーが次に投げてくる球種を考えていたのよ」

「今、ですか」

「そう。家を出てから、今までの間」

「そいつは、なにを投げてくると想像しましたか」

「ストレート」

「へーっ、まっすぐ、を。気の強そうなピッチャーですね」

「それも、かなりのスピードで。百六十キロ近い速球を、きっちり打ち返す方法は、しっかり腰を据えなければならないでしょう」

「中通島高校のピッチャーは、せいぜい百三十キロくらいしか投げられません。まだまだ未完成ですから」

「でもね、東京の大学で野球をやっている先輩は、軽々と百六十キロの直球を投げてくるでしょう」

亮太の頭は、こんがらがった。

本気で野球の話をしているのか、それとも、あっちの話なのか？　が、あっちの話にしても、理解しにくい。野球の話とあっちの話を同一視するのは、無理がある。

「ぼくも力いっぱい投げると、百六十キロ近いボールを投げることができるかもしれませんが、きっと、ものすごい暴投になってしまいますね」

「目的をきちんと決めたら、コントロールも定まってくるでしょう」

「は、はい。そうかもしれません」

「今、わたしはキャッチャーになったつもりで、あなたにサインを出します」

「ええっ、サインを？」

はっとした。お母さんはいきなり亮太の腕から、するりと抜けて、膝の前にしゃがんだのだ。腰の下ろし方は、キャッチャーに似ている。

「お洋服を、脱いでちょうだい」

見あげてきたお母さんの顔は、無表情だった。声も冷たい。

「ここで、ですか」

「そうよ。全部。誰もいません。それに、黒いスモークが貼ってありますから、外から覗けません」

「でも、こんなところで裸になって、なにをするんですか」

「キャッチャーのサインに、あなたは首を振るのね」

お母さんの口調が、また厳しくなった。

ぼくの本職は内野手で、投手じゃないんです。

そんな言い訳は、この妖しげな車内の雰囲気にそぐわないけれど、素っ裸になりなさいという捕手のサインに、亮太は強く抵抗して、首を振りたくなった。

無茶なサインだ。それにものすごく恥ずかしい。

さっ、早く！　お母さんが催促してきた。

もう、どうなってもいいや。亮太はあきらめた。裸になればいいんでしょうと、腹の中で精いっぱい口応えしながらも、セーターを脱ぎ、シャツを脱ぎ、ジーパンのベルトをほどいた。

両膝をついたお母さんの、一直線の視線を、亮太は肝（はら）を据え、全身で受けとめた。

躯のあっちこっちが、ちくちく痛くなってくるほど、お母さんの目は鋭い。

「あの、ブリーフも、ですか」

お母さんの顔が、縦に振れた。容赦ない。

しかし、そのときになって亮太は気づいた。

ついさっきまで勢いよく迫りあがっていた男の肉から、力が抜けていて、半勃ち状態まで、折れていたのだ。

しょうがない。さあ、勃て！　と命令しても、なかなか言うことを聞いてくれないこともある。

ブリーフのゴムに指を掛け、ずるっと引きおろした。

あーあっ、ますます情けない。いつもだったブリーフのゴムを弾いて、びくりと飛び出すのに、だらんと垂れた。

が、お母さんの視線は、裸になった胸板から股間までを、探るように舐めてきたのだった。

「大きいのね、亮太さんの、軀。勇介の倍以上あります」

「でかいだけが、取り柄なんです」

「わたしがなにをしても、動いたらいけませんからね」

ああっ、なにをするんですか。一瞬だが、亮太は腰を引いた。

お母さんは膝立ちになったのだ。そして亮太の胸板に向かって、顔を寄せた。生あたたかいお母さんの息づかいが、乳首のまわりに吹きかかった。亮太はうなった。お母さんの唇が、乳首に粘ついてきたからだ。

舌が出た。舐めてくる。乳首の頂点を、舐めたり、転がしたりして。

お母さんの指が、もうひとつの乳首に伸びて、軽くつまんだり、引っぱったりする。ものすごくしつっこい。その部分は男の急所のひとつだということを充分知りながら、お母さんの指は責めまくってくる。

「だ、だめです。あの、ものすごく気持ちいいんです。痺れてきます、乳首のまわりが」

あっ、やめてください。亮太は本気で叫びかけた。

お母さんのもう一方の手が、剝き出しになった股間をまさぐってきたからだ。ほかの男より多めに茂っている黒い毛を指先ですき上げ、男の肉の先端を、そろそろと撫でてくる。

膨張率は下がっていたが、昂奮汁は筒先を濡らしていた。お母さんの指が、ぬるっとすべったからだ。そのすべり具合が、ますます刺激を強くしてくるのだ。

あーっ、どうしよう。

そのとき亮太の手は、勝手に動いた。お母さんのワンピースの襟を探って、隙間を見つけるなり、すっと差しこんだ。が、亮太の乳首をおもちゃにしているお母さんの舌のうねりは、止まらない。

ワンピースの襟元から手を入れても、抵抗しないのは、お母さんが許している証拠だ。亮太は一方的に判断した。

亮太の手は勢いを増した。指先に当たった固めの布の内側に、無理やり指を突っこんだ。

肉の盛りあがりは柔らかい。でも、冷たいような。

指先を進める。なめらかな膨らみの頂まで、指先は侵入した。

あっ、乳首だ。小さな突起は、固くしこっていた。

えっ！　亮太は驚いた。お母さんのもう片方の手が背中にまわったからだ。小さなこすれ音が聞こえた。

窮屈な布の締めつけが、ゆるんだ。ブラジャーのホックをはずしてくれたのだ。手の動きが自由になる。

「優しくさわってちょうだい。女のおっぱいは、敏感にできているのよ」

乳首から唇を離したお母さんは、うめくように言った。

「あの、お願いがあります」

誰かが聞いているわけでもないのに、亮太はなぜか息を殺して、小声で言った。

「なにを？」

「ほたるさんも、ワンピースを脱いでください。ぼくと同じように、パンツも、です」

お願いと一緒に、亮太の目は窓の外を警戒した。暗がりの中に、人の姿はない。

「わたしも裸になりなさいと、亮太さんは言っているのね」

「そうです。さっきからほたるさんの手は、あの、ぼくの男の肉をいじりまくっているんです。ほら、だから、感じてください。ぼくの肉はどんどん元気になってきました。だから、ぼくだってお母さんの秘密の肉を、さわりたいんです。内腿だけではなく」

男の肉を丸く握っていたお母さんの指から、力が抜けていく。

お母さんは見あげた。

「やっとわたしは、心の準備を整えることができました。あなたと最後まで進んでも、絶対、後悔はしない、って。あなたの投げる百六十キロの直球を、わたしのミットで正しく受けとめることができる、と」

お母さんの言っていることは、わかるような、わからないような。

ぼくの投げるボールは、そんなにスピードは出ないし、コントロールが利かなくて、暴投になることが多い。

「とんでもないところにボールが行っても、ちゃんと捕球してくださいね」

わりと真面目に考えて、亮太はお願いした。

「どこへ飛んでいっても、ちゃんと受けとる自信ができたから、裸になってもらったんですよ」

「いえ、ぼくのことではなく、ほたるさんも裸になってもらうと、目的がはっきりしてくるような気がしたんです。ぼくがとんでもないノーコン投手でも、少しはコントロールが定まってくるんじゃないか、と」

自分の言っていることも、チンプンカンプンになってくる。車の中でブリーフまで脱がされ、乳首にキスをされるなんて初めての経験だったから。

が、半分萎れていた男の肉は、かなり頑丈な形で再生されていた。

お母さんは膝立ちになって、半身を起こした。

手の動きにためらいはない。

見ているほうがあきれるほど、お母さんの行動は早い。確か淡い紫色をしていたワンピースが、くるくるっと、それはあっさりと頭から剝ぎとられた。車内は薄闇だが、白っぽい半裸が浮きあがった。

胸のまわりでゆるんでいたブラジャーとパンツは、黒っぽい。

お母さんの手は止まらない。ブラジャーのストラップを乱暴な手つきで腕から抜き取り、そしてパンツのゴムを引きおろした。

亮太の瞼は、ぱちくりした。

もっとはっきり見たいが、全体がぼやけてしまっているのだ。が、薄暗がりの中でも、目に焼きついてきたのは、股間の黒い翳だった。

猥らしい。黒い毛が逆立っているようにも映ってくる。

「さあ、二人とも、もう、なにも着けていないでしょう。亮太さんはわたしの軀のどこをさわりたいんですか。わたしも待っているんです、あなたの手がどこに伸びてくるのか」

そんな詰問調にならないでください。

ぼくはまごついているんです。どこもかしこも撫でまわし、揉みつけ、もしお母さんの許可が出たら、舐めてしまいたい。

どこに手を伸ばしていいのか、はっきり答えの出ないうちに、亮太の両手はお母さんの脇腹を抱きしめ、引きよせていた。

「あーっ、亮太さん！」

お母さんの全裸が胸板にぶつかってきた。

左右の乳房を押しつけてくる。そして膝を折って、太腿の上に跨ってきたのだった。

ごく自然に、亮太の両手はお母さんのお臀を、下から支えた。もっちりした肉の厚みに、指が埋もれこんでいく。

「ねっ、亮太さん、わかっているでしょう。とっても元気になったあなたのお肉が、あーっ、わたしのお腹の下のほうで、びくびく暴れているんですよ」

お母さんは喘いだ。

腰を揺すってくる。

そんなことを言われても、こうした緊迫した状況に、上手に対処する方法は知らない。ぼくは未熟者です。亮太は腹の中で訴ったえた。

「あの、どうすればいいんですか」

半分はギブアップの気分で、亮太は情けない声を発した。

「わたしの今の気持ちを、正直に言ってもいいのかしら」

お母さんはわりと真面目な問いかけをしてきた。

「はい、自由にしてください。ぼくはもう、身動きができないんです」

ああっ！　またしても亮太は小声を張りあげた。

シートの背もたれが、ゆるゆると倒れていくからだ。リクライニングになっているなんて知らなかった。お母さんがどこかのボタンを押したのだ。シートは、ほぼ水平に倒れた。

リクライニングの道連れにされた亮太の全身は、仰向けになった。

太腿に跨っていたお母さんの裸が、ずるずるとすべり落ちていく。亮太のふくらはぎに向かってだ。困った。男の肉が独り勃ち状態に捨てられ、ゆらゆらと揺らめいた。手で隠したら、きっと怒られる。

お母さんの上体が前屈みになった。顔を寄せてくる。一人ぼっちになった男の肉に向かって、だ。

（なにをするんですか）

薄闇の中で、亮太の目はかっと見開いた。

お母さんの顔はますます接近してくる。荒い息づかいが、男の肉の先端に吹きかかってくるほど。

「百六十キロのボールは、ここから飛び出してくるんでしょう。あーっ、その前に、ねっ、若いあなたの熱気を、わたしのお口で受けとめたいの。どんなお味がするのか。ねっ、頭がくらくらするほど、のぼせていくのよ、わたし」

喉に詰まったような切れ切れの声が、お母さんの昂奮を示している。

四十一歳になっても、女の人はわがままだ。たった今、わたしの軀のどこをさわりたいの、なんて優しく聞いてくれたばかりなのに、一分も経たないうちに、男の肉を舐めたいとかしゃぶりたいと、自分本位になっているのだから。

(好きにしてください)

亮太はあきらめた。でも、お母さん側に立って考えると、十年以上もお母さんは一人息子のために孤軍奮闘してきたのだ。緊張しきっていた神経が、男の素っ裸を目にして、ぷつりと断ち切れても仕方がない。

亮太は大人の考えで、お母さんを擁護した。

が、亮太の腰は、凄まじい勢いで跳ねあがった。

お母さんの口が男の肉の先端から、ぐぶりと含んできたからだ。ずぶずぶと飲みこまれていく。生あたたかい粘膜に取りまかれながら。

(お母さん、すごく気持ちいいです)

大声で叫びたくなった。お母さんの口が上下に動く。そして、円運動に変化したり、唇の端から唾がもれてくる。一心不乱だ。長い髪が乱れて、顔を覆っているというのに、すき上げようともしない。

亮太の両手が、つい伸びた。髪を振り乱すお母さんの頭を挟みこんだ。

「ほたるさん、そんなに急がないでください。ぼくだって、さわりたいところがあるんです。ほたるさんが大事にしているところを」

亮太の声に、お母さんの口がずぼっと音を立てて、男の肉から離れた。

「ごめんなさい。わたし、夢中になってしまって。でも、とっても太くて、硬くて、素敵なお味よ。ああん、あなたのおつゆが、わたしのお口を洗っているんですよ」

「危なく、出てしまいそうになったんです、ほたるさんの口に」

「ですから謝ったでしょう。ねっ、それでわたしの軀の、どこをさわってくれるのかしら」

「ぼくだって、ほたるさんの味を、口で直接味わいたくなりました。甘いのか、酸っぱいのか」

「もう、ねっ、汚れています。ぬるぬるになって。それでも、いいのね」

「汚れているところを、きれいに洗ってあげるのは、男の役目でしょう」

「あなたは二十歳になったばかりの青年なのに、半分薹の立ってしまった歳のわたしが、泣きたくなるほどうれしい言葉を投げてくれるのね」

「ぼくのほんとうの気持ちですから、歳なんか関係ありません」

「それじゃ、ねっ、お願い。でも、あーっ、心配になります」

「なにが、ですか」

「そんなに淫らで、猥らしいキスをしてもらったら、わたし、それだけで、気を失ってしまうかもしれない」

「心配しないでください。失神してぶっ倒れても、ぼくがしっかり抱きとめてあげます。息を吹きかえす方法は、マウス・ツー・マウスで酸素を送ってあげれば、簡単に蘇生しますから。ランニングの途中で倒れてしまう選手がいるんです。そういうときは、緊急の処置を施してあげないと、死んでしまうかもしれません」

「それは、ねっ、気を失っているわたしに、キスをしてくださる、とか？」

「そうです。ぼくの肺活量は５０００ＣＣ以上ありますから、ほたるさんの肺は、新鮮な空気でいっぱいになるはずです」

　お母さんの全裸が、亮太の胸板に向かって、それは用心深く、そろそろと這いあがってきた。黒い翳としか見えなかった黒い毛の輪郭が、はっきりしてくる。むっくりと盛りあがる肉の丘を、ほぼ覆いつくしているのだ。

　すぐ目の前に迫ってきた黒い毛の群がりが、亮太の気分をさらに昂ぶらせていく。女の人の毛は、男に比べて、ずっと猥らしく生えているように見えてだ。大事な肉をひっそり隠している。それに比べたら、男のそいつはは剝き出しだ。

「ほんとうにいいのね、こんなことをして……」

消え入りそうな声でお母さんは、念押しした。

「はい。ぼくの顔の上まで来てください」

お母さんの太腿が、顔の真上で、左右に開いた。亮太は見あげた。車内は薄暗がりだ。顔の上に開いたお母さんの股間は、黒っぽく映ってくるだけで、はっきりとした実像はつかめない。

(それでもいいんだ)

亮太は自分に言いきかせた。

目の前で太腿を開いた女性は、自分より二十以上も歳上だ。しかも自分は、一人息子の野球コーチを引きうけている。息子との関係を考えると、母親の恥ずかしさは、きっと倍加する。

こんな明け透けな恰好になっているのだから。

(女性の理性という箍が、どこかではずれてしまったんだ)

だったら、これ以上、辱めることは避けないといけない。お母さんは今にも気を失ってしまいそうなほど、エキサイトしているのだから。

亮太はまた、大人の判断を下した。

見えなくても構わない。股の奥底に埋もれているはずの秘密の肉は、暗闇に没して、ほとんど見えない。その代わり、ぷーんともれてくる匂いは、お母さんの昂奮度を、はっきり示している。

きれいな海底から収穫してきたばかりの、海草の匂い似ている。天日干しをしたばかりのような匂いだ。

匂いは濃い。

思い出した。死に物狂いで練習したあとの、汗の匂いにも似ている。あんな匂いは臭くて嫌いだという奴がいるかもしれないが、ぼくは好きだ。

亮太は力んだ。ちょっと汗臭いかもしれないが、健康体の証拠なんだ、と。

亮太はさらに顔を寄せて、嗅いだ。

汗の匂いの中に、生あたたかい湿り気が混じってくる。

お母さんの軀の奥底から、じっとりともれてきた香りだ。

亮太の手は性急に動いた。目の上で左右に割れた太腿を抱きかかえるなり、唇を上げた。もじゃっとした毛並みが、鼻の頭に絡んだ。

多分、このあたりだろうと、いい加減な目算を立てて、亮太は舌先を差し出した。

「あぐーっ」

お母さんのくぐもった叫びが、動物的に聞こえた。

匂いも濃かったが、舌先に粘ついてきた粘液は、糸を引くほど濃厚だった。亮太は夢中になって舐めた。汚れたところをきれいに洗ってあげるのが、男の役目でしょう、なんて大人ぶったことを言ってしまったのだ。

約束をたがえることはできない。

粘っこい汁が滲み出てくる肉の狭間を、亮太の舌は見つけた。ふにゃっと柔らかいのに、ひくひくうごめいて、舌先に吸いついてくる。さらに深く舌先を埋めこんだ。

なにものなのか、その正体がさっぱりつかめない粘膜に、舌先が閉じこめられていく。お母さんの腰が、上下に揺れる。下の口で舌先を飲みこもうとしているような、腰のうねりだ。

舌を差しこんで二十秒も経っていないのに、

「あっ、ねっ、もう許して。わたし、もう、だめ」

断片的な喘ぎ声をもらしたお母さんの全身が、顔の上から這いずって、逃げた。

亮太の意識も途切れ途切れになっていく。

真上からかぶさってきたお母さんの両手に、顔を挟まれて。

なにをされても、抵抗できない。口の中はお母さんの匂いと粘り気が充満して、舌が自由に動かない。

ううっ！　亮太はうなった。

お母さんの唇が重なってきたのと同時に、舌が差しこまれたからだ。二人の舌が絡みあう。二人の唾液が往復する。たった今、お母さんの味を舐めた舌が吸いとられていく。

「あーっ、素敵よ。今、わたしは女の幸せに酔っているのね。だから、ねっ、あなたがほしいの。わたしの、ねっ、お肉のミットに」

このお母さんは、正気でいるのかどうか、亮太は判断に苦しんだ。

お肉のミット、なんて言っているのだから。

が、考える閑（ひま）はなかった。股間で直立したままでいた男の肉の先端に、いきなり粘つく肉がかぶさってきたからだ。

（だ、だめです！）

そんな無茶なことをしては、いけません。

亮太は初めて必死に抵抗した。

自分の初めての経験をあげるのは富澤先輩と、自分勝手に決めていた。

が、亮太の懸命の抗(あらが)いも、お母さんに通用しない。男の肉は、ぬるぬると埋まっていく。男の肉をとらえたお母さんの女の肉は、収縮したり、複雑に蠕動(ぜんどう)したりして、逃がしてくれないのだ。

(ぼくは意気地のない男だ)

亮太は自分を責めた。けれど、お母さんの女の肉に飲みこまれていく心地よさは、亮太の神経を、朦朧とさせていく。

いや、お母さんの肉の魅力に誘いこまれていくのだ。

男の肉を飲みこんだ筒状の粘膜は、よじれたり、うごめいたり。

お母さんの息づかいが、どんどん激しくなっていく。その苦しそうな呼吸に合わせ、お母さんの腰は上下、前後に揺れまくる。男の肉が引きちぎられそうなほど。

(先輩、助けてください)

亮太は腹の中で叫んだ。

が、生ぬるいお母さんの肉と、棒状に突っ立った自分の肉がこすれあう気持ちのよさは、正常な神経を麻痺させていく。自分の指でしごいてやる作業とは、雲泥の差、いや天と地の違いがあった。

股間の奥に、強い脈動が奔った。ばちんと弾けてしまいそうな。

「ほたるさん！」

大した意味もなく亮太は呼んだ。

なにかを口走っていないと、今すぐにも、びゅびゅっと噴き出してしまいそうな危険を感じた。

お母さんの目が、虚ろに開いた。腰の動きを止めないで。

「とろけていくわ、わたしの軀。ねっ、あなたが入っているところから、溶けていくんです。あーっ、気持ちいいの。こんなときがきっとくると、わたしは待っていたのね。あなたでよかった。あなたの軀はとっても新鮮なんですもの。わたしのために取っておいてくださったんでしょう」

首筋を反らし、髪を振り乱してお母さんは、声を絞った。

亮太は見あげた。

半分は当たっているかもしれないが、半分は的をはずれている。

申しわけありませんが、お母さんのために取っておいた軀じゃない。が、亮太は言葉にすることはできなかった。

お母さんは半狂乱になって、悦んでいる。

自分の軀に傷がつくわけじゃない。

今は、お母さんと二人っきりの世界に溺れていたい。

それに男の歓喜は、すぐそこまできている。股間の奥は熱く疼きまくっているのだから
「ほたるさん、あの、ぼくはもう、出てしまいそうなんです」

真上から重なってくるお母さんの脇腹から両手をまわし、亮太は彼女の背中を抱きくるめた。汗まみれ。

「いいのね、わたしでも。ううん、きてください。あーっ、だって十一年ぶりなのよ。あなただったら、約束を果たしてください。百六十キロの直球を、わたしのミットに、まっすぐに」

お母さんの喘ぎ声は、どんどん脈略を失っていく。

主語と述語がつながっていない。

しかし今となっては、そんなこと、どうでもいい。男の肉を飲みこんだ筒状の粘膜が、四方八方から締めつけてくる。

「はい。スピードの点で、ほたるさんに満足してもらえるかどうかわかりませんが、発射角度は正しく、ほたるさんのミットに狙いを定めています」

そこまで答えるのがやっとだった。

股間の奥の堰が切れた。びびっと音がなるほどの勢いで。

亮太は腰を突き上げた。

「あーっ、亮太さん！」

お母さんのかすれ声が耳に入ったとき、筒先から激しく噴き出した男の粘液は、間違いなく、お母さんの肉のミットを目がけていた。

次第に薄れていく意識の中に彷徨(さまよ)いながら、亮太は力任せにお母さんを抱きしめていたのだった。


中通島高校野球部の臨時コーチとして、亮太が島に来てから、十日目の朝を迎えた。

ノックバットを振る力は、明らかに弱くなっている。

とくにスルメが構えているときは、打球が弱くなる。

白い灯台が見える丘で、ほたるお母さんの歓喜の叫びを聞いたから、その声がまだはっきりと、亮太の耳の奥に残っている。

女の人生を掛けたような母親の淫らな姿など、なにも知らないスルメは、とても元気だ。

腰を屈めてノックを待つスルメの声は、グラウンドを響かせるほど、でかい。

「もう一丁、お願いします」

本来だと、あと一丁じゃない、あと三十丁だ！　脅かしてノックバットを振るのだが、今日はもういいよと、亮太は特訓終了を告げたくなった。

スルメの絶叫が耳に入ってくるたび、亮太はお母さんの叫びが聞こえてくるような錯覚を覚えるのだ。あの日の夜、お母さんは甘えた。

「ねっ、あと一回――」

体力的には充分余力はあったのだが、一戦終わって、お母さんの裸を抱きしめているとき、亮太の耳に富澤先輩の声が聞こえたのだ。

「もう、やめなさい」

幻聴だったのか。

富澤先輩の注意をしっかり守ったのに、この三日、先輩からの連絡が、ぷっつりとなくなった。

練習に力が入らなくなった最大の理由は、そこにあった。念のため、ユニフォームの尻ポケットにスマホを携帯しているのだが、まったくの音信不通で、待ち疲れしている。

一日延ばしでも構わない。でも、一日に一回くらい連絡してくれてもいいのに。恨めしい。その反面で、自分は富澤先輩を裏切るようなことをしたのだから、忘れられても仕方がない。

亮太の気持ちは揺れまくる。音信不通になった先輩のことに想いを巡らせていると、練習に集中できない。ノック一本打つのもいい加減になってしまう。

（先生に言って、明日のフェリーで帰ってしまおうか）

理由はなんとでもなる。体調を崩してしまいましたので、冬季練習は今日で終了させていただきます。夏休みにまた帰ってきます、とかなんとか言って。コーチがやる気を失っているのだから、練習に覇気がなくなってくるのは、当然だ。

だらだら練習はケガの元になる。

（あーあっ、ぼくはどうしたらいいんだ）

あくびが出る始末だ。

しかし亮太は思いなおした。富澤先輩は固く約束してくれたのだ。二、三日したら、必ず帰ってきますから、待っていてくださいね、と。島に帰ってこられないなんらかの仕事ができたのだろう。

それともコロナ禍に引っかかって、緊急入院したのかもしれない。だったら、待っててあげるのが、後輩の思いやりだ。

練習時間を二十分ほど早く切りあげて、解散した。

が、何度考えなおしても、気分は重い。

自転車に乗って、じいちゃんの家に向かった。

腹が減った。大盛り食堂に寄って、鯵フライ定食を食べようかなと考えても、その後、菜穂子お姉さんからも、連絡が来ない。八方塞がりが亮太の気分をさらに重ったるくしていく。

(しょうがないか)

亮太はあきらめた。

どちらにしても四日後のフェリーで本土に渡って、長崎空港から羽田空港まで飛行機に乗らなければならない。フェリーと飛行機の時刻表を見ておこうか。帰るのがいやなような、早く帰りたいような。

そのとき、一艘のフェリーがゆっくり港に入ってきた。

観光客はほとんどいない。

寂しそうな汽笛を鳴らしながらゆっくりと接岸しようとするフェリーは、旅情を感じる。自転車を止めて亮太は、桟橋を渡ってくるお客さんの姿を、なにげなく追った。

ほとんど島の人たちのようだ。

「あっ！」

亮太は奇声をあげそうになった。

オレンジ色のダウンジャケットを着た女性を見つけたのだ。

(富澤先輩だ！)

間違いない。

長い髪をダウンジャケットと同じ色のリボンで結んでいる。

亮太は走った。自転車を放り出して。

手を振った。

(先輩は意地悪だ)

一本の連絡も入れないで、黙って帰ってくるなんて。一瞬、亮太の頭は疑心暗鬼の思いが駆けめぐった。ぼくに会いたくないものだから、こっそり帰ってきたのかもしれない。

だとしたら、子供のように喜んで、手を振って迎えてはいけない。先輩に恥をかかせることになる。

両手を高く上げて、迎えようとした姿勢が、瞬時に萎んだ。

それでも亮太は桟橋の横に、しょぼんと立った。肩を丸めて、いくら小さくなっていても、その図体を隠すことはできない。先輩が知らんぷりをして素通りしていったら、ぼくは今夜、じいちゃんの地酒を盗み呑みしてやると腹に決め、ゆっくり歩いてくる先輩に、目を凝らした。

瞬間、二人の視線がぱちんとぶつかった。

先輩の足取りが急に速くなった。ほかの乗客を掻き分けるようにして。

亮太も走った。

先輩の右手が上がった。亮太を呼んだような恰好で。

たった二十メートルほどしか走っていないのに、自分の呼吸がむちゃくちゃ乱れていることに、亮太は気づいた。情けない奴だと、自分を叱った。けれど、思いもしなかった先輩との再会が、亮太の胸を弾ませた。

「お帰りなさい」

先輩を目の前に迎えたとき、亮太の口から素直な言葉が出た。

この数日、脳天に血が昇ってしまうほどいらいらしていたのに、先輩の顔を見た途端、従順な後輩の姿に戻っていた。

「どうして？」

先輩は小首を傾げた。

「なにが、ですか」

「畠山君は、わたしを迎えにきてくれたんでしょう」

「ええ、はい。いけませんか」

亮太はと呆けた。

「わたしがこの船に乗って帰ってくることを、あなたには連絡していなかったはずよ」

練習するのもいやになって、不貞腐れ、急に海を見たくなって、たまたま港に来たんです、なんてほんとうのことは絶対言えない。

「昨日の夜、夢の中で、ママ・メリーのお告げがあったんです」

「まあ、マリア様から？」

「明日の夕方のフェリーで、あなたの愛しい女性がお帰りになりますから、お迎えをしてあげなさい、と」

　この島でのキリスト教の信頼は、絶大だ。こんなちっぽけな島なのに、教会は三十塔近くもあって、日曜日になると島民は、真摯な祈りを捧げる。老若男女を問わずだ。

　亮太の作り話を耳にして先輩は、唇に手をあてがい、くすんと笑った。

　キリスト教に謀反（むほん）しているわけではないが、中学生のころから、亮太の信仰心はあやふやだった。マリア様を信じたら、すぐレギュラーを約束してくれるかなと期待した時期もあったが、亮太のたったひとつのお願いが、ママ・メリーに通じたことは一度もなかったからだ。

　が、とっさに出た亮太の言い訳は、半分くらい先輩に通じたらしい。

「明日にでも、二人で教会に行きましょうか。マリア様にお礼をしないと」

　含み笑いをもらしながらも、先輩はうれしそうに言った。

「マリア様のお告げが当たらなくて、先輩がフェリーに乗っていなかったら、明日の船で、あの、ぼく、東京に帰ろうと思っていたんです」

「わたしのことを捨てて？」

　先輩の言葉を聞いて、亮太はむっと膨れた。

捨てたのは先輩のほうでしょう。たまたま港に来たから、先輩と出会うことができたんです。じいちゃんと自棄（やけ）酒を呑んでいたら、こんな奇跡的な巡り会いはなかったはずだ。

「ぼくはずっと待っていたんです。先輩は二、三日したら戻ってくるから、待っててね、と間違いなく言ったでしょう。それなのに、この数日は、連絡もなくなって、ほんとうに、ぼくは悲しかったんです」

「ごめんなさい。謝るわ。少し、歩きましょうか」

そう言って先輩は、くるりと踵を返した。

あとをついていくしかない。自転車なんか、どうでもいい。

が、先輩の背中を見て、亮太の機嫌は、ほんのちょっと持ちなおした。背中に担いでいた小型の黒いリュックが、遠足に出かける小学生のように見えて、とてもかわいらしかったからだ。

海岸べりには、何艘もの漁船が陸揚げされていた。

このあたりは、しばしば海が荒れる。事故に遭ってはならないから、漁に出ない船は陸揚げされる。

肩を寄せあうように歩き出したのだが、先輩の口は貝になってしまった。ややうつむき加減で、歩を進める足に、元気がない。

「連絡もしないで、ほんとうにごめんさない」

やっと先輩は口を開いた。

「ぼくのほうから連絡をしようかと、何度も考えたんですけれど、先輩はきっと急に仕事が忙しくなったのか、それともコロナで、入院されたのかもしれないと思って、やめました」

「ううん、違います」

先輩の声が虚ろに聞こえた。

亮太はしばらく考えた。けれど、こうして無事、再会できたのだから、それで満足だ。昨日までのことは、女々しく振り返らないほうが健康的だ。

「理由は、なんでもいいんです。マリア様のお告げが当たっただけで、ぼくはすごくうれしくなって、あと三日、後輩と練習に励みます」

できるだけ朗(ほが)らかに亮太は、思いの丈を口にした。

えっ！　亮太は自分の手に目を向けた。

すっと寄ってきた先輩の指に、しっかり握られた。

「ちょっと、お話をしましょう」

先輩の指に力が加わった。

陸揚げされた漁船の陰に、誘われた。亮太はどぎまぎした。先輩の指がものすごく冷たい上に、小刻みに震えていたからだ。

二人は身を隠した。

「どうしたんですか」

亮太はこわごわ聞いた。

「長崎に帰ってからわたし、ずっと考えていたの」

震えているのは指だけじゃなかった。唇も細かく震えている。

「なにを？」

「十日前のこと。偶然、あなたとフェリーで会って、懐かしさとか、それから立派に成長した畠山君の姿を見て、わたし、有頂天になってしまった。それで、わたしの家に誘って、お酒を少し呑んで、それから、いろんなことをしてしまったでしょう」

「ぼくにとっては夢のような時間でした。最高のハッピー・デーだって、先輩に言ったはずです」

「愉しかったわ、わたしも。いろんなことを勉強させてもらいましたから」

「でも……」

そこまで口にして、亮太は顔を伏せた。先輩は長崎に帰って反省したのだ。勢いに任せて、あんな淫らなことをやってはいけない、と。ぼくはほんとうにお調子者だと、自分のしでかしたことを詰った。

裏の畑で青白い月に見守られながらキスをしたことまでは許されるかもしれない。けれど先輩のベッドで、ブリーフまで脱いだことは、非常識だった。

腹が痛いなんてわがままを言わなかったら、二人の関係はあそこまで進まなかっただろう。

「ぼくがいけなかったんです。先輩に甘えてしまいました。先輩だったら、ぼくの言うことを、なんでも聞いてくれると、わがままになっていました」

「ううん、あの日のことを、後悔しているわけじゃないのよ。でもね、あの日のつづきをすぐやっていいものかどうか。少し時間をおいて会うのが、二人にとって、ベターな方法と考えて」

「それで、連絡をくれなかったんですか」

「あなたの声を聞いたら、すぐ会いたくなるわ。歯を食いしばって、我慢したの。だってお互いに、スマホの番号は知っているんですから、連絡を取るのは簡単でしょう。あなたが東京に帰っても」

先輩の考えが、理解できたような、できないようような。

「それじゃ、ぼくはやっぱり、明日のフェリーで帰ったほうがいいみたいですね」

亮太は明らかに仏頂面になった。

先輩の考えは正しいかもしれないけれど、一方的に通行拒否されたぼくは、かわいそうすぎる。

「でも、ね」

短い言葉をもらした先輩の足が、二人の空間を詰めた。

十日前のあの日、先輩はもふもふの白いセーターを着ていた。でも今は、ずいぶん分厚そうなダウンジャケットで、固く身を守っている。

いっさい、手出しできない。

「でも、どうしたんですか」

亮太の気持ちはなかなか氷解しない。

むしろ先輩の姿が、どんどん遠ざかっていくような気がして、意固地になっていく。

「マリア様がこうして、もう一度、二人を引きあわせてくださったでしょう。この時間を大切にしなさいって、マリア様がおっしゃっているように感じているんです」

そんなのおかしい。

ママ・メリーが夢に出てきたのは、ぼくの作り話で、フェリーの桟橋で出会ったのは、まったくの偶然だった。

「ぼくは今、人生の岐路に立っているような気分なんです。大げさではなく」

亮太は姿勢を正して、言った。このまま別れることになっても、自分の気持ちを先輩に伝えたいと思って、だ。

「まあ、あなたの人生の岐路に、わたしが立っているという意味？」

「はい、そうです。ぼくは大学を卒業したら、プロ野球の選手になろうだなんて、夢にも考えていません。でも、普通のサラリーマンにもなりたくないんです」

「それじゃ、どうしたいの？」

「はっきりとした計画があるわけじゃないんですが、中通島に戻ってきて、なにか仕事を見つけようかなとも考えているんです。島の人口はどんどん減っているでしょう。高校の野球部の選手は、たった十九人しかいないんです。人口減少を食いとめる方法は、ぼくのような若い者が、島に残って仕事に励むしかないんです」

「偉いわ、畠山君は！」

先輩の足が半歩前に出て、亮太の手を握りなおした。かなりの力強さで。

「だって先輩も、長崎の保健所で仕事をして、五島をまわってお年寄りの世話をしています。もし先輩のお手伝いができれば、ぼくは満足です」

「ねっ、ねっ、ほんとうにそんなことを考えているの」

「先輩と再会したら、急に、そんなことを考えました。あの、力仕事だったら、なんでも任せてください」

「この島に住むのね」

「はい。祖父母……、ぼくは、じいちゃん、ばあちゃんと呼んでいますが、二人とものすごく元気で、あと二十年は生きているでしょうから、じいちゃん子のぼくは、これから先、世話をする責任もあるんです」

話がとんでもない方向にそれていって、亮太は、大きく深呼吸をした。

先輩に再会するまで、自分の今度の人生など、考えてもいなかった。

しかし話を進めていくうち、そんな生き方もおもしろいかもしれないと、大きく舵を切ってしまったのだろうか。

「畠山君の今夜の予定は、どうなっているのかしら」

急に先輩は話題を変えた。

「じいちゃんの相手をしようかって、考えていました。お酒を呑むのが唯一の愉しみで、たまには、じいちゃん孝行をしてあげようかな、って」

「ねっ、おじい様のお相手は明日にして、今夜はわたしにお時間をください。いいでしょう」

亮太はつい、先輩の表情をまじまじと追っていた。

「先輩の命令には、絶対服従ですから、どこかで待機しています」

「いやね、畠山君は。もう、先輩呼ばわりはしないって、この前の夜、約束したはずよ。だってわたしたちは、きれいなお月様が見守ってくださっているとき、キスをしたわ。それに、わたしのベッドで……」

そこで口を閉ざした先輩は、さらに強い力で、亮太の手を、ぎゅっと握りしめてきたのだった。

「あの日のことを思い出すと、ぼくの軀は、かーっと熱くなってくるんです。生まれて初めての経験でしたから」

「ありがとう。うれしいわ。それじゃ、今夜は、あのね、有川港のすぐ近くにあるゴトウ・ホテルに来てください。お部屋をリザーヴしておきます。そうね、八時半ごろがいいわ。お部屋の番号はあなたのスマホにメールを入れておきますから、カウンターに寄らなくてもいいのよ」

亮太の胸の鼓動は一気に沸騰した。

ホテルというひと言が、重大な意味を含めて伝わってきたのだ。

「先輩は、あっ、違いました、百合さんは今夜、そのホテルに泊まる予定ですか」

「すごくきれいなホテルらしいのよ。露天風呂もあって。わたしも毎日、忙しい仕事をしていましたから、たまには疲れた軀をメンテナンスしてあげたいの」

ひと晩中でもマッサージをして、凝り固まった筋肉をほぐしてあげますと、つけ足してあげたくなったとき、いきなり先輩の全身が、つま先立って亮太の胸に飛びこんできたのだった。

もふもふのセーターではなく、分厚いジャケットに邪魔されたけれど、亮太は先輩の背中を、柔らかく抱きしめていた。

先輩の目が、きょろっとあたりを見まわした。

「今夜の約束は、なにがあっても守りましょう。そのサインよ」

先輩のささやきに、耳の底がくすぐられた。ぞくっとするような。

先輩の唇が、ぴったり重なってくるまで、三秒とかからなかった。

もしかしたらママ・メリーは、ほんとうに、夢の中に出てきたのかもしれない。港まで行って、お迎えしてあげなさい、と伝えてきたのだ。

そうでなかったら、ぼくは今ごろ、じいちゃんの酒の相手をして、自棄を起こしていたに違いない。ぼくは明日のフェリーで帰るんだと、勝手なおだをあげたりして。

一月半ばの夜風は、まだ冷たい。

が、先輩の腰を抱きしめ、長くつづくキスに酔って、亮太の胸は寒さを蹴散らすほど、熱くたぎっていた。

第五章　赤く染まった露天風呂

高級ホテルの部屋に入るのは、生まれて初めてのことだった。

ずいぶん広い。大きなベッドがふたつ並んでいて、クリーム色の掛け布団には、皺ひとつない。掃除が行き届いている。

野球部の合宿で地方都市を訪ねたとき泊まる宿は、よくてビジネスホテル。普段は民宿だから、これほどきれいに整頓されたホテルの部屋は、亮太にとって、なんとなく居心地が悪い。

ちょっと疲れたからひと休みしようと、ベッドにごろんと寝転がることもできない。

窓の外に広がる海景色は、闇に閉ざされて神秘的に映ってくる。

ダークに染まった砂浜に打ちよせる白波が、月明かりに反射して、きらきら光り、はるか遠くに広がる海面に、オレンジ色の小さな明かりを灯しているのは、夜釣りの舟なのだろうか。

（もしかしたらぼくは、とんでもない場所に迷いこんでしまったのかもしれな

い)

ベランダにつづくガラス戸の前に立った亮太は、さあ、これからぼくはなにをしたらいいのだと、不安とか、焦りがごちゃ混ぜになって、すっかり落ちつきを失っている。

それに、先輩はなにをしているのだ?

化粧室からなかなか出てこない。

約束の八時半ちょうど、亮太はゴトウ・ホテルの二〇八号室のドアの前にいた。インターフォンを押した。富澤百合先輩がドアを開けてくれるまで、ひと呼吸おくこともない早業だった。

「約束どおり、来てくれたのね。さあ入ってちょうだい」

ものすごく明るい声で、先輩は招いてくれた。

もしかしたら、優しく抱擁されるかもしれないと、亮太は心の片隅でちょっぴり期待していたのに、先輩は、ソファに座って待っててくださいと、なんだかつれない声になって、さっさと化粧室に入ってしまった。

化粧なんかしなくてもいいんです。ぼくを一人にしないでください。亮太は腹のうちでお願いしても、先輩はなかなか出てこない。

もう、十五分近くも経っているのに。

そのとき、化粧室のドアに、小さな軋(きし)み音が鳴った。

亮太は思わず振り向いた。

ええっ！　あんたは、だあれ！

亮太は思わず大声を発したくなった。

出てきた女性は、淡いスミレ色のワンピースをはおっていたのだ。足首まで隠れてしまうロング丈。下はつま先しか見えないのに、両肩は剝き出しで、細いストラップが掛かっているだけ。

（先輩なのか？）

視力は２・０で、滅多に見間違いしない自信はある。

しかし部屋に招いてくれたときの先輩は、確か、白っぽいTシャツとジーパンだった。その上、いつもは長く伸ばしている髪を、頭の後ろで丸くまとめ、薄い化粧をしている。唇は透明感のあるピンクの口紅を塗っていた。

「お待たせ」

声は間違いなく、先輩だった。

顔の装い、ファッションはまるで違っていたが、化粧室から出てきた女性が富澤先輩であることを確認するまで、しばらくの時間がかかった。

「どこかに出かけるんですか」

亮太はとんちんかんな質問を発していた。

「たまには女らしくなりたいのよ、わたしだって」

スリッパをすべらせ、先輩は亮太の真横にすり寄った。

「でも、寒そうですね。肩のまわりが、丸出しになっています」

「セクシーじゃない？」

自分に向けられた視線に圧倒されて、亮太は思わず、足を引いた。

先輩の口から、セクシーじゃない？　なんていう女らしい言葉が出てくることが、信じられない。

「セクシーじゃなくても、先輩のことは大好きです」

亮太は力んだ。

女性らしい恰好は、どこか似合わないような気もして、だ。

えっ！　またしても亮太は半歩ずり下がった。胸の前で腕を組んだ先輩が、じろりと睨んできたからだ。

「わたしは、あなたの、誰だったのかしら？　いつまでも先輩にしておきたいのね。こんな素敵なホテルのお部屋にいても、先輩と後輩なのね」

大真面目で怒っている。

ごめんなさい。亮太は素直に頭を下げた。

でも、見事に変身してしまった先輩に対し、なれなれしく、百合さんなんて呼んだら、すぐ抱きついてしまう。今は分厚いダウンジャケットではなく、薄っぺらなワンピースを着ているだけなのだ。

先輩の素肌を直接抱いたのと同じ感触が、手のひらに伝わってくるに違いない。

「いいわ、これから、もし、先輩って呼んだら、そうね、あそこの砂浜に行って、ずっと向こうの岩まで走ってきなさい。あの岩はこのあたりでも有名な祈願の奇岩で、悪い人には天罰を与えるそうですからね」

冗談なのか、本気なのかよくわからない。祈願の奇岩なんて、駄洒落にも聞こえてくる。

けれど中通島はリアス海岸に囲まれ、珍しい大きな岩があちらこちらにある。

先輩と一緒に岩まで走って、天罰を下されるのだったら、ぼくは本望だ。しかし一人で走るのはおっかない。ほとんど真っ暗なんだから。

「もう二度と、先輩なんて言いません。百合さんと呼びます」

「呼び捨てでもいいのよ。だってね、たった今、お化粧室でお着替えしているとき、ふっと思い出したの」

先輩の声が、急に甘ったれた。

しかも、スリッパを引きずるようにして、亮太の真横まで接近してきたのだ。

ああっ！　またしても亮太は叫びかけた。

スミレ色のワンピースの、腰から下の部分に深いスリットが切りこまれ、すらりと伸びる太腿の半分以上が、目に飛びこんできたからだ。

（そんなところまで、見せないでください）

そう願いながらも、亮太の目はスリットの隙間から離れない。

ものすごく猥らしいと言うのか、それとも、そうだ！　セクシーなのだ。

「そ、それで、なにを思い出したんですか」

舌がよくまわらない。

部屋に入ってから三十分も経っていないのに、高熱を発してしまったのか、口の中がからからに乾いていた。

「十日前の、あの日の夜のこと。わたしにとっては、初めての経験だったのよ。亮太さんの、ものすごく迫力のあるエネルギーを見せつけられて」

先輩の目尻に思い出し笑いが浮いた。

思い出し笑いは、見ているほうが気持ち悪くなることもある。自分の胸のうちを見透かされているようで。

「体力には自信があるんです。この馬力を、バッティングに集中できたら、もう少し長打力が出てきて、チームの勝利に貢献できると思っているんです」

先輩の目が本格的に笑った。薄い頬に小さな笑窪を刻ませて。

「亮太さんの頭からは、野球のことが離れないのね」

「だって、せ……、いえ、百合さんが、ぼくの男のエネルギーを誉めてくれたからです。そうだ、男のスーパー・パワーをもっと蓄えて、大学を卒業したら島に帰ってきて、百合さんの仕事を手伝って、それからじいちゃんの畑仕事を受けつぎます。畑仕事はわりと腕力が必要なんです。畑仕事のせいでじいちゃんは、腰を痛めてしまいました」

亮太は、力みかえって説明した。

ええっ！　思わず亮太は自分の腕に、目を向けた。

肩のまわりを剝き出しにした先輩の両手が、上腕にしがみついて、喉を鳴らして笑っていたからだ。

強烈なデッドボールを食らったような衝撃が、上腕の内側に奔った。乳房の膨らみが、まともに重なってきたのだ。

スミレ色のワンピースの布地は、見た目以上に薄かった。

むっちりとした肉の厚みに、挟みつけられる。

避けようと思っても、先輩の腕にはかなりの力がこもって、離れない。

「ぼくはなにか、百合さんの気にさわるようなことを言ってしまいましたか」

亮太はあわてまくって、聞いた。

胸の厚みから逃げたいような、離れたくないような。先輩の女の中心部を、上腕でしっかり受けとめている昂奮は、亮太の全身を、かーっと熱くしていく。

「ううん、いいの。あなたはほんとうに、純粋な男性だったのね。わたしがこんなに夢中になっているのに、あなたは、野球のことと、おじい様の畑仕事のことで、わたしのことなんか、すっかり忘れているんですもの」

「そんなことはありません。後輩たちにノックしながら、頭の中に出てくるのは、百合さんの姿で、どうして連絡をくれないのかって怒っていると、ノックでも空振りすることがあったんです」

「そう、ありがとう。でも、あなたのあたたかい心を百パーセント、わたしに向けてもらうのは、とっても大変なことだって、今、わかりました」

先輩は急にうなだれた。

やっぱりぼくは、先輩の心を傷つけるような暴言を吐いてしまったんだと、亮太は心の中で何度も、ごめんなさいと謝った。

でも、ものすごく気になる。

上腕に重なった先輩の胸の膨らみから、とっくんとっくんと高鳴る心臓の鼓動が伝わってくるからだ。

とても生々しい。

「あの、立っているのが、ちょっと辛くなってきました。座りましょうか」

今の二人の位置関係を、少し改善したくなって、亮太は申し出た。

「そうね――」

先輩は短く答えたが、腕から離れない。

二人はなだれ込むように、ソファに腰を下ろした。

ああっ！　何度目かの驚きの声が、亮太の喉を切り裂こうとした。

並んで座ったせいで、ワンピースのスリットはさらに深く、大きく開いて、太腿のほとんどがあらわになった。

（きれいな足だ）

とても健康そうな艶が、しっとりとした皮膚を、なめらかに見せつけてくる。手のひらで撫でたら、つるつるすべってしまいそうな……。

「亮太さんは、十日前のあの夜のことを、忘れてしまったみたいね」

先輩は肩を寄せ、見あげてきた。

忘れてなんかいない。けれど、男としてはとんでもない不始末をしたようで、できるだけ忘れようと努力していた。

「それは、あの、裏の畑でキスをして、百合さんのベッドに寝かされて、それに、ブリーフも脱いだんです。ぼく一人で昂奮しまくって、我慢できずに、びゅっと噴き出してしまいました。気持ちが悪かったでしょう。百合さんの太腿とか、いろんなところに撒き散らしてしまったんですから」

「わたしはうれしかった。そのときね、生まれて初めて感じたの。あなたの男の力を。わたしの内腿のあたりに、ものすごい勢いで、びゅっと噴きかかってきたわ。自分の軀が、あなたの力で浮きあがったように感じたの。あなたの力は、信じられないほど強かったんです」

一気にしゃべりまくった先輩の顔が、亮太の胸板に、ゆらりと重なってきた。

優しく抱きしめてあげたい。

でも、その前に、亮太の目は点になった。

細いストラップ二本で吊るされているワンピースの胸まわりが、はらりと割れ、柔らかそうに盛りあがる白い肉を見せつけられて。ブラジャーが見当たらない。だとすると、ノーブラ。

上腕に重なってきた胸の膨らみが、柔らかすぎた。

次の瞬間、わりと大人しくしていた男の肉に、熱い血流がどどっと流れこんだ。ブリーフをこすって勃ちあがっていく。

視覚と臭覚、それに、触覚が同時に目を覚ます。

「ぼくは懸命に忘れようと、努力していたんです。だって百合さんは、全然、連絡をくれないんですから、あの夜のことが百合さんの頭には、悪夢として残ってしまったのかと、怖くなったんです」

「悪夢だったら、ホテルなんかに誘いません」

「許してくれるんですね」

「許すも、許さないもありません。わたしは、うれしかった、だけ。だってあなたは、女の悦びを教えてくれたんですもの。ねえ、亮太さん、お風呂に入りましょうか。お部屋からちょっと歩いたところに、露天風呂があるんです」

先輩は急に話題を変えた。

「あの、一緒にですか、百合さんと」

「いやなの？」

上腕に絡んでいた先輩の両手に、絶対、逃がさないわよと言わんばかりの力がこもった。

深い緑の葉を茂らせる樹木に囲まれた露天風呂は、畳を六枚くらい並べたスペースで、透明のお湯をひたひたと満たしていた。高級感もあるし、いかにも南の果ての島らしい。

木陰に置かれた二基の水銀灯の青白い明かりが、湯面をぼんやり照らし出している。

（こんな風呂に入るのか？）

浴槽のまわりには、いろいろな形をした岩が並べられて、露天風呂の風情を造り出そうとしているらしい。が、星空を見あげながらじゃ、お湯にゆっくり浸かっていられない。

風呂はやっぱりじいちゃんの家の檜（ひのき）造りがいいな、なんて思いながら亮太は、ちょっと不安な目を、先輩に向けた。

「このお風呂はね、今夜は貸し切りなの。ホテルの方にお願いしました。ほかのお客様の使用は遠慮していただきたい、って」

「誰も来ないんですか」

「そうよ。わたしたち二人の、スペシャル・バスルームよ」

そう言われても、野外の風呂は落ちつかない。

だいいち、洋服を脱ぐ場所がない。先輩はどうするのだ？　脱衣場くらい造っておきなさいよ。亮太は文句を言いたくなった。

浴槽の脇で、さて、どうしようかと考えているとき、亮太はぎょっとたまげた。先輩はいきなり、ワンピースを着たまま、浴槽にどぼんと飛びこんだからだ。湯飛沫が跳ねた。いたずらにも、ほどがある。

「この風呂は、洋服を着たまま入るように、決められているんですか」

お湯の中で泳ぐように手足を掻いていた先輩に、ちょっと皮肉をこめて亮太は言った。

「あなたはどうするんですか。お洋服を着たままで？　それとも、わたしが見ている前で、お洋服を脱ぎますか」

こんなことになるとは考えてもいなかったから、着替えは持ってこなかった。びしょ濡れになったら、帰るに帰れない。

そうか。そのときになってやっと、亮太は気づいた。先輩の計画どおりのプランだったに違いない。だから、ブラジャーも着けていなかった。ええっ！　ひょっとしたら、パンツも穿いていない？

ワンピースの下がもぬけの殻だったら、風呂に飛びこむことなど、なんの支障もない。先輩はずるい。後輩を罠に嵌めて、悦んでいるみたいで。

「わかりました。ぼくの負けです。ワンピースがびしょ濡れになっても、百合さんは着替えのシャツやジーパンを持っていますから、なんの不都合もないでしょうが、ぼくは着替えを持っていません。脱ぐより仕方がないんです」

一旦、言い出したら、男はあとに引いてはならない。

「その代わり、ぼくがブリーフを脱ぐまで、目を閉じたり、よそ見をしてはいけません。もし目をそらしたら、すぐ風呂から出て、この場所で逆立ちをしてもらいます」

先輩の唇が、きゅっと閉じられた。反逆に出てきた後輩を、恨めしそうに睨みかえしたりして。

お湯に飛びこんだとき、湯飛沫に濡れた髪を、指先でそっと撫で上げる。照れ隠しみたいな先輩のしぐさも、亮太の目には、どこが愛らしく映る。

「わかったわ。瞼をしっかり開いて、目を離さないよう、努力するわ」

「百合さん、ぼくの裸を、見たくなかったら、見なくてもいいんです。努力なんかしてほしくありません。ぼくが服を脱いでいく恰好を、見たいと思ってくれれば、それでいいんです」

亮太にしては、しゃっきり言いきった。

ワンピースの裾を泳がせて、先輩は浴槽のそばまで近寄って、岩に両手を添えた。じっと見あげてくる。

困った。大言壮語は、時に命取りになることがある。亮太は反省した。そんな近くに寄ってこられると、行動が鈍くなっていくような気がした。

しかし物事を、中途半端に終わらせることは、男の恥だ。

百本ノックを受けている最中、疲れ果て、へなへなと崩れおちては、野球選手落第の烙印を押される。口から泡を吹いてでも立ちあがって、グラブを構えなおさなければならない。

口に溜まっていた生唾を飲んで、亮太は気合をこめた。

セーターと肌着をまとめて、頭から抜いた。

冷たい風が吹いているのに、心地よい。全身がほてりまくっているせいだ。

デニムのズボンのベルトをはずした。ズボンを引きおろす。

あーあっ。あっという間にブリーフ一枚になったが、これほど緊迫の場になっても、男の肉はブリーフをこんもり盛りあげ、その形を、くっきり浮き彫りにしていた。

(そんなに睨まないでくださいよ)

あっけなく亮太は、ギブアップ宣言をしたくなった。

浴槽の淵に両手を預け、じっと見あげてくる先輩は、微動だにしない。ブリーフ一枚になった亮太の半裸を、穴の空くほど見すえている。

「すばらしいのね、亮太さんって」

ぼそっと先輩は、つぶやいた。

「最後の一枚を脱ぐのは、わりと勇気がいるんです。怖いほどの目で、百合さんに見つめられていると、手が動かなくなってくるというのか」

「でも、脱いでくれるんでしょう」

一見、優しそうな言葉を投げられ、なおのこと、手は萎縮していく。

「あの、最初にお断りしておきますけれど、ぼくの肉は、びっくりするほど、でっかくなっているんです。それでもいいんですね」

声はなく、先輩はこくんとうなずいた。子供じみた脅しは効果がない。

あきらめろ！　亮太は己に言いきかせた。素っ裸になるまで、目を離してはいけませんと、無礼にも、後輩は先輩に厳命を下したのだから。

亮太は勇気を奮い起こした。ブリーフのゴムに指を掛ける。ずるりと引き下げた。

やっぱり！　窮屈から開放された男の肉が、ぶるんと勃ちあがったのだ。

先輩の瞼が数回またたいたことを、亮太は見のがさなかった。

「素敵です、亮太さんは」

心なしか震えた先輩の誉め言葉に、亮太は力を得た。

こうなったら、めそめそ隠すことはない。縮んでいるより、膨張しているほうが見栄えする。腰に手をあてがい、ぐいと股間を迫り出した。

剛直に張りつめた男の肉が、星のまたたく天空に向かって、それは勇ましく、そそり勃った。

先輩の上体が湯面に波を作って、仰け反った。

「正直な感想を、お伝えします。わたしはね、たった今まで、男性の肉体に、なんというのかしら、不潔感のような、汚れがあるように感じていたのよ。食わず嫌いっていうたとえがあるでしょう。その感じと似ていたのかしら」

「なんとなくわかります。男の軀には、余計なものがくっついていて、でかくなったり、萎んだりしますから、気味が悪いんです」

「でもね、あなたの裸は、ほんとうに立派で、素敵よ。ほれぼれするほど。だって、胸板は分厚くて、ウエストは引きしまっているわ。太腿の筋肉は、わたしが拳を作って叩いたら、わたしの手が腫れてしまいそうなほど、逞しくて」

「われらの大学野球部の猛練習は、男の肉体を改造していくほど、厳しくて、有名なんです」

「でも……」

小声をもらした先輩の視線が、亮太の股間に集中して、動かなくなった。

「でも、なんですか？」

「こんなことを言っても、怒らないでくださいね」

「百合さんの忠告と思って、真面目に受けとります」

「ほら、ああん、あなたの軀の真ん中で、ものすごく元気そうに勃ちあがっているお肉は、野球部の猛練習の賜物じゃないでしょう。威風堂々としているんです。不潔感なんてなにもないし、形だけじゃないの。きっと芳しい香りに包まれているお肉なのよ」

そこまで誉められたら、いつまでも突っ立っていられない。

「百合さんのワンピースを脱がせて、ぼくと同じような裸になったら、ぼくの肉は自動的に、もっとでかくなっていくはずです」

言葉の終わらないうちに亮太は、風呂に飛びこんだ。

男の肉が大きくバウンドして、湯面を叩いた。

「あーっ、亮太さん……」

先輩の叫びが耳の底に届いたが、亮太の手は素早く動いた。ワンピースの裾をつかむなり、巻きあげる。湯に濡れた布は、脱がしにくいが、無理やり、引っぱり上げて、頭から抜いた。

スミレ色のワンピースが湯面に浮いた。

二人の視線が至近距離でぶつかった。ほぼ同時に、二人の両手はお互いの首筋に、しっかり巻きついていた。

やっぱりワンピースの下は、もぬけの殻！　だった。

ゆらりと、湯面に顔を覗かせたふたつの乳房より、亮太の視線は先輩の股間を直撃した。

黒い茂みが、とてもこぢんまりとした形になって泳いだ。

「ぼくは、あの、見にいってもいいですか」

口に入ってしまったお湯を、ぷっと吐き出して、亮太はお願いした。

「見にいくって、どこに？」

「は、はい。風呂の底に、です。百合さんの黒い毛が糸屑のように揺れて、ぼくに、あの、早く来いと、手招きしているんです」

「ねっ、ねっ、わたしは、どうすれば？」

「動かないでください。ぼく、潜ります」

決意を口にしたとき、亮太の裸は素潜りで反転した。肺活量は５０００ＣＣ以上ある。かなりの時間、呼吸を止めていても、苦しくない。

亮太の顔は先輩の股間に向かって、まっすぐ沈んでいった。

透明のお湯でよかった。

黒い毛の生えようが、はっきり見えてくる。細くて、まばら……。

亮太の全身に、新しい男の血がたぎった。

黒い毛に向かって、そっと指先を伸ばした。下から上に向かって、撫で上げる。柔らかいのか、固めなのか。湯の中だから、よくわからない。

が、先輩の股間の翳をさわったという実感は、亮太の男の力をますますいきり勃たせていく。

次の瞬間、ややしゃがんでいた先輩の腰が、けたたましく跳ねあがった。亮太は反省した。人間の手は不浄の物体であると、しばしば教えられていた。ましてや先輩の肉体は、男の手で荒らされたことはない。

汚れた手でさわってしまって、ごめんなさいと腹のうちで謝って亮太は、先輩の太腿の奥に向かって、顔を寄せた。口に溜まっていた空気がいくらかもれて、泡を立てて立ちのぼっていく。

息を止めていても、まだ苦しくない。

亮太は両手で先輩の太腿を抱きくるめ、ゆらゆらと泳いでいる黒い毛に向かって、唇を寄せた。鼻の穴がくすぐったい。そんなことにはいっさい負けないで、亮太は黒い毛に舌先を這わせた。

このなめらかさは、特上の毛筆より繊細だ。

毛筆などさわったこともないのに、亮太は一人で納得した。

「あーっ、いけないわ、そんなことをしたら」

そんな声が、お湯の外から聞こえた。

さすがに息が苦しくなってきた。先輩の脇腹を抱きしめたまま、亮太は半身を立ちあげた。

口に溜まっていたお湯を、ぶっと吐き出して、亮太は湯面から顔を突き出した。

今にも泣き出しそうな情けない先輩の目が、無理やり笑みを作った。

「あなたは、とっても強引な人だったのね。いきなり潜ってきて、さわったでしょう」

先輩の叱り声は、弟をかばう姉のような優しさと厳しさが混じっていた。

「お湯に飛びこんだとき、百合さんのお腹の下のほうに、黒い翳が見えたんです。もう無我夢中になって、自分の気持ちを抑えることができなくなってしまったんです」

「ほんとうに、びっくりしたのよ。いきなりお口を寄せてきたんですもの」

「なにも知らないので、最初は手でさわってしまいました。でも、自分を厳しく叱ってやりました」

「どうして？」

「ものすごく神聖な百合さんの大事なヘアを、お前は手でさわっただろ。接触させてもらうんだったら、唇とか舌にするべきだ、と。どんなに洗っても、やっぱり手は汚いでしょう」

「それで、お口を？」

「はい。あの、もっと長くさわるというか、唇を寄せていたかったんですけれど、胸が苦しくなって、飛び出してしまいました」

「ねえ、わたしのヘアは、どんなお味でしたか」

真面目な口調で質問されて、亮太はあわてた。

もやもやと茂るヘアに舌先をあてがったことは間違いないが、どんな味だったかの確認はできなかった。

いや、ヘアを味わうほどの余裕はなかったのだ。

「すみません。お湯の中って、あんまり味覚が働かないのかもしれません。それに……」

亮太は最後の言葉を、口の中に閉じこめた。

「それに、どうしたの？」

「ぼくのほんとうの気持ちを、言ってもいいですか」

お湯の中でゆらゆらしていた先輩の手が、亮太の胸に向かって、静かに泳いできた。先輩は目を伏せ、さらに指を伸ばしてきた。

乳首のまわりに、そろそろと周遊させる。

ひりひりするようなくすぐったさ、気持ちよさが、すぐさま男の肉に伝わって、激しく揺らいだ。

こんな状況を夢心地と言うのだろうか。夢だったら、もうしばらくの間、覚めないでくれと亮太は、心から願った。

「二人はもう、なにも着ていないでしょう。あなたの考えていることは、なんでも言ってちょうだい。今のわたしは、ねっ、あなたの百合なの。本心からよ」

面倒くさいことは口にしないで、力任せに抱きしめたい。

「あと一分、ぼくの無呼吸をつづけることができたら、黒い毛の下側まで潜って、そこに唇を寄せたかったんです。お湯の中でも、そこを舐めたら、味がわかったと思います」

ああっ！　びっくりした。

乳首のまわりをいじっていた先輩の手が、いきなり首筋に巻きついてきたからだ。裸の胸を押しつけて。左右に乳房が、胸板でつぶれた。亮太は抱きしめた。

二人の唇が重なった。

裸で抱きあう刺激は、亮太の胸を躍らせる。

十日前のあの夜、畑の真ん中で交わしたキスとは、比べものにならないほど味は濃い。

背中を撫でさする。お臀のまわりまで手を伸ばす。肉の膨らみに指を埋めこんだ。指を跳ねかえしてくる弾力を秘めていた。

「お湯の中のほうがいいの？　それとも、お外で？」

やっと舌の絡まりをほどいた先輩が、謎かけのような問いかけをしてきた。

亮太はしばらく考えた。

「外のほうが、目も正しく動いてくれると思います。お湯の中は、目にお湯が入って、霞んでしまうことがあるんです」

「わかりました。あなたの希望どおりにするわ。その代わり、あとで、わたしも好きにさせてちょうだい。初めてなのよ、なにをするにしても。でもね、あなたが相手をしてくれたら、怖がることはなにもないような気がしてきたの」

きっぱり言いきった先輩の全裸が、浴槽を取り囲む岩を伝って、這いあがった。先輩の動きを後ろから見ていた亮太は、思わず呼吸を荒くした。

(かわいらしいお臀だ)

丸いハート型を描く肉の盛りあがりは、お湯の滴を垂らしながら、つやつやと照り輝いていたのだ。その一方で、ハート型の真ん中を断ち割る肉の溝が、ものすごく猥らしい。

女の人の裸は、いろいろな色を見せてくるのだ。

胸の膨らみは若さを漲らせているし、太腿は健康的に引きしまっている。

それなのに、お湯から上がった先輩のお臀の割れ目は、とても奥深そうで、そっと後ろから這いよって、割れ目を大きく開いてしまいたいような、下品な欲望をそそってくる。

が、亮太は耐えた。

これから先輩は、なにをしてくれるのか？

「わたしの腿の奥が、どんな形になって、どんな味がするのか、あなたは試したいんでしょう」

「ええ、はい。こんなことをお願いするぼくは、スケベな男ですか」

お湯から上がった姿勢を崩さないで、先輩は首をひねって、振り向いた。

「わたしはなにも知らないから、正しい答えは出てきません。でも、若い男性はみんな、そんな気持ちを持っているんでしょう。それがまた、普通なのかもしれない」

「百合さんの軀は、ものすごく清潔そうなんです。どこもかしこも、つやつや輝いて。でも、あの、お臀の割れ目の奥とか、黒い毛の下側は、きっと誰にも見せたことがない秘密の肉を隠しているんでしょうから、もし、ぼくのお願いが叶えられたら、ぼくは世界一、幸せな男になると思います」

「うれしいわ、わたしはあなたに、それほど想われていたのね。それじゃ、あなたもお湯から上がってちょうだい。そんなに遠くから見られていると、恥ずかしくなります」

女の人の羞恥心は、理解しにくいところがある。

近くから見られたほうが、恥ずかしくなるはずなのに。

それでも亮太は、お湯から上がった。理屈は通らなくても、先輩の言いつけは正当なのだから。

が、お湯から上がって亮太は気づいた。自分のほうが、ずっと恥ずかしい。

お湯に濡れた男の肉は、ますますけたたましく、迫りあがったからだ。根元のあたりに、軽い痺れを伴った痛みを奔らせてくる。

「それじゃ、あのね、あなたはその岩を枕にして、寝てください」

わりと冷静な声で、先輩は言った。

枕代わりにするにしては固すぎる。が、先輩の命令は絶対だった。ごろんと仰向けになって亮太は、頭の後ろに岩を当てた。

「とってもすばらしいわ。魅力的なの、あなたの裸」

亮太の真横で膝立ちになった先輩の視線が、亮太の頭のてっぺんからつま先を、何度も往復する。

「普通の男より、ちょっとだけ、でかいだけです」

「ううん、違います。わたしは男の人の裸を、こんな近くで見たことはありません。普通だったら、見ているわたしも恥ずかしくなると思っていたの。でもね、見とれているだけ。きれいなの。均整が取れていて」

ぼくはどうすればいいんだ？

誉められるのはうれしいけれど、男の肉はますますいい気になって、ぶらぶら揺れ動き、早くも筒先から透明の粘液がじくじく滲み出てくる。

薄い皮膚に、水滴を垂らしているようだ。

「そんなに焦らさないでください。ぼくのお願いを聞いてくれるんでしょう」

「ああん、ちょっと待って。ほら、あなたのお肉は、涙を流しているのよ。悲しいのかしら、それともうれし涙なのかしら」

仰向けに寝た亮太の真横に横座りになった先輩の上体が、だんだん屈んでくる。

約束が違うでしょう。腹の中で反抗的にぶつくさ言っても、先輩の顔は、そそり勃った男の肉に向かって、少しずつ、接近してくる。

「男は涙もろいんです。さよならホームランを打った仲間が、ぼろぼろ泣いている姿は何回も見ました。うれしいはずなのに、泣いているんですから、おもしろいでしょう」

「やっぱり、あなたの頭は、野球から離れないのね」

「百合さんが聞いたから答えたんです。ぼくの肉は、うれしいに決まっているのに、泣いているんです。おかしいでしょう」

「ねえ、この涙はどんなお味がするのかしら。目から溢れてくる涙は、ちょっとしょっぱいでしょう」

その男の涙に向かって、今にも先輩の手が伸びてきそうな不安を感じた。

ちょろっとでもさわられたら、涙の栓が破裂して、涙の本体が噴き出てしまう。でも、十日前のあの日の夜と同じ粗相は、できない。男の意地にかけても、だ。

「ぼくの涙を検査する前に、百合さんはぼくに、太腿の奥を見せてくれることになっていたんですよ」

「そんなことは、あとでいいんです。だって、あなたのお肉は、泣いているのよ。きれいに透きとおっています。ほら、だんだん涙の量が増えてきて、揺れているわ。あーっ、それに、あなたの涙は粘りがありそうよ」

ああっ！　亮太は悲鳴をあげた。

我慢しきれなくなったのか、先輩の手が伸びてきて、滲み出る男の涙をすくい取ったのだ。今日は一段と粘り気がありそうで、筒先から離れていく先輩の指に粘つく粘液が、名残惜しそうに糸を引いていく。

「どんな味なのかしら」

短いひと言をもらした先輩は、その指をすっぽりくわえた。

なんということをしてくれるのだ。

亮太は顔を覆いたくなった。高校時代から憧れていた先輩は、事もあろうに、男の涙を粘着させた指をくわえて、にっこり微笑んだのだ。

さも満足そうに。

「もう、やめてください。汚いかもしれません」

亮太は必死にお願いした。

が、亮太の頼みは、先輩の耳を素通りしていった。

「甘酸っぱいみたいなの。嫌いな味じゃありません」

あっ、こらっ、先輩！　亮太は本気で大声を発したくなった。

先輩の手が、そそり勃つ男の肉の、筒のまわりを、きゅっと握りしめてきた。とても興味深そうに、筒をくるむ皮膚を上下にこすったりして。

自分の腰が、先輩の指の動きに合わせ、上下に動く。肉筒の根元に激しい脈動が奔った。

「百合さん、約束が違います。そんなことをつづけていると、そうだ、十日前のあの夜と同じように、びゅびゅっと噴きあがってしまいます。今度は百合さんの顔を目がけて、ですよ」

脅かしても、先輩の耳には届かない。

「わたしだって、少しくらい、知っているんですからね。お友だちから入れ知恵されて」

先輩の声が居直って聞こえた。

「知っているって、なにを、ですか」

「大好きになった男の人のだったら、口を寄せて、含んであげなさい、って」

「ええっ、それは、あの、ぼくの」

途中まで言葉は出た。が、その前に、先輩の唇は、筒先の小さな窪みに、音もなく粘ついたのだった。唇をもごもご動かしたと思ったら、舌が出て、ぺろりと舐めとられた。

「なにをするんですか！」

大声を発したのと同時に、亮太は先輩の頭を、強く挟んで止めようとした。先輩に舐められるなんて畏れ多い。

が、まるで効き目がない。

おもしろそうなおもちゃを見つけた幼児の如く、口の動きがどんどん粘っこくなっていく。

（あーっ、ぼくは、もう、だめだ）

亮太はあきらめた。いや、あきらめたというより、閃光の勢いで迫ってくる気持ちよさに、勝てなくなってきた。

（そんなに、根元までくわえないでください）

美しい山形を描く先輩の唇は、小さいほうだと見ていたのに、開いてみると意外なほど大きい。伸縮自在のような。

最大膨張時の長さは十八センチくらいになるが、ほぼ陥没。

が、亮太の目はだんだん猥らしくなっていく。

先輩の目は、うっとりと閉じているようにも見えて、男の肉を目いっぱい頬張った唇の隙間から、涎がもれてくるのだ。それは、だらしなく。

いやがっている表情ではない。

むしろ好んで、大膨張した男の肉に挑戦しているふうで。

が、亮太の神経から正常な感覚が失せていく。

（出てしまいそうだ）

腰を弾ませながら亮太は、そのときが来ることを、どこかで待ちはじめていた。

固く閉じていた先輩の瞼が、ひっそり開いた。

薄桃色に染まった眼に、意味ありげな笑みを浮かべて、だ。

「さっきから、びくびくしているわ、この子」

男の肉から口を離した先輩は、舌ったらずの言葉をもらした。

そして秒とおかず、ふたたび、ぐぶりと含んだ。さらに奥深くに。

(先輩は好き勝手にやって、気持ちよさそうですが、歯を食いしばって我慢をしているぼくの身にもなってください)

股間の奥のほうは、熱く疼きまくって、もう、我慢の限界を超えそうなんです。

腹の底で亮太は、必死に訴えた。なのに、先輩の口づかいはますますなめらかになっていき、もう一方の手が、内腿をさわさわと撫でまわしてくる。

よしっ！　亮太は考えなおした。

言葉が通じないのなら、実力行使するまでだ。亮太は腰の真横で横座りになっている先輩の、胸元を目がけて手を伸ばした。気持ちが悪くなったら、肉筒から口を離して、逃げるはずだ。

胸の真下から差しこんだ手で、乳房を包みこんだ。

「あん」

男の肉の先端に、先輩の喘ぎ声が当たった。逃げるんだったら、今のうちですよ。乳房を包んだ指に、ほんの少し力をこめ、揉み上げながら、亮太は言った。

が、亮太の訴えは通じない。

通じないどころか先輩は、胸元を開くように、上体をひねったのだ。

もっと、さわってちょうだいという、パフォーマンスとしか思えない。

(どんなことになっても、ぼくは、ほんとうに知りませんからね)

乳房を握りしめた指先が、やや乱暴に動いた。乳首を探す。

あった！　指先に転がった小さな蕾を、挟んで、軽く引っぱった。

「ああん、いい……」

男の肉を頬張ったまま、先輩は確かにそう言った。

ますますいけない。指先に感じた先輩の乳房や乳首の心地よさが、男の肉をさらに激しく奮い立たせていく。男の肉の根元を奔る脈動が、びくんびくんと、音を出してしまいそうなほど、高鳴った。

「もっと、下も……」

先輩の口は間違いなく、そう言った。

もっと、下って、どこだ？　お臍のあたりとか？

が、次の瞬間、下の位置がはっきり確認された。横座りになっていた先輩の片方の足が、膝を立てたのだ。黒い翳があからさまになる。お湯に濡れたヘアが、きらりと光った。

ああっ！　それだけじゃ済まない。太腿を大きく広げてくる。

もう勘弁してください。そんなところを丸出しにしてはいけません。

お湯の中で見た黒い翳より、ずっと鮮やかな形で丸見えになった先輩の秘密の肉が、青白い水銀灯の明かりの中に、ぽっかりと浮き彫りになった。

それは黒い毛の、まさに、下側。

亮太は目を凝らした。でも、薄ら呆けていく。目が霞んでいくのだ。

黒い毛の群がりは、肉の斜面にも、生えているような、生えていないような。が、どこまでも白く艶めいている太腿とは、明らかに違う肉の色が、むっくりと盛りあがっているように見えた。

縦に切れた筋が、ぼやけてきて。

「そこよ。さわってちょうだい。ねっ、さっきから、変なの。中のほうが熱くなってきて。ぬかるんでいるみたいなのよ」

男の肉から口を離した先輩は、自分の股間を覗きながら言った。

「さわってもいいんですね」

亮太は確認した。

「痛くしないでね。あーっ、わたしの軀がおかしくなっていくわ。あっちこっちがぴくぴく痙攣して、じっとしていられないの」

亮太は構えなおした。

手でさわるなんて、とんでもない。手は不浄の物体だった。

最後の力を振り絞って亮太は、半身を起こした。

「失礼します」

この場にはまったくそぐわないひと言をもらして亮太は、膝を立てた先輩の太腿を、むんずとつかんだ。

抵抗する力はない。

「もっと広く開いてください」

緊張のあまりか、亮太の声は次第にかすれていく。

先輩の太腿から力が抜けていく。好きなように、してくださいと言っているふうに。

すべてが剝き出しになった先輩の股間に、亮太は顔を寄せた。

ぼやけて見えた先輩の股間が、はっきりとしてくる。

くすんだ橙色に見える粘膜は、ちっぽけな二枚の肉の畝だ。頼りないほど細いヘアはお湯に濡れて、その畝に倒れていた。

「あーっ、ねっ、わたしのそこは、汚いの？　あなたの目は、わたしに訴えてくるんです」

不安そうな先輩の声が、途切れがちになっていく。

「汚いなんて、そんなことを言わないでください。ぼくは、見とれているんです。なんと言ったらいいのか、正しい言葉が出てこないんですが、こんなふうに言ったら、百合さんに叱られるかもしれませんが、たった今まで、ぼくのために取っておいてくれた、その、きれいな花蕾なんです。ふーっと息を吹きかけてやると、薄桃色の花びらが、ぱっと咲き乱れるような」

「うれしい。わたしをそんなふうに、きれいな女と考えてくれていたのね」

「だって、高校時代から、憧れていたんです」

「ねっ、それじゃ、薄桃色の、かわいらしい花びらを咲かせてちょうだい」

先輩の股間が、ほんのわずか、迫り出した。

肉の畝に埋まっていたヘアの数本が、はらはらっと舞った。

あっ、それに！　二枚の畝を断ち割る溝が、ほんの少し幅を広くしていく。

亮太はさらに口を寄せた。

ものすごく芳しい香りが、畝の隙間から、ぷーんと吹きもれてくる。

あっ、そうだ。思い出した。五島の名物、手延べうどんの汁の匂いに似ている。

この汁は五島の海水を煮詰めて作った天然塩と、地元で栽培される椿油を元とする特産品で、一度食べたらやめられない逸品だった。

が、どれほど芳しい匂いをもらしてきても、先輩の肉は誰の目にもふれていないだろうし、もちろん、さわったりした不届き者がいるはずものない。

でも先輩は自分に、花を咲かせてちょうだいと、甘えてきたのだ。

亮太は自信を深めた。

先輩にとって自分は特別の男なんだと、亮太は自分に言いきかせる。

しかし乱暴なことをしてはいけない。亮太はおそるおそる舌を出した。わずかに腫れたような肉の畝に舌を添え、そっとこすった。

「あーっ、亮太さん！　感じます。そこにキスをしてくれたのね」

答えようとしたが、声が出ない。

舌先は肉の溝に嵌まりかけていて、内側から滲んでくる甘辛いような味が、口の中に溶けていく。

亮太の舌は、だんだん勇気が湧いてくる。

先輩の股間が、さらに迫り出してきた。もっと舐めてちょうだいと、せがんでいる。亮太は確信した。

肉の筋に、舌先を埋めてみる。ぬるっと嵌まった。

うぐっ！　うなったのは亮太だった。先輩の口が男の肉の先端を、ぐぶりと含んできたからだ。反射的に、腰が跳ねあがった。

（あーっ、だめです。今、口の中に入れられたら、すぐに出てしまいます）

亮太は叫びたくなった。

が、舌が正しく働いてくれない。先輩の口の動きが活発になる。深々と飲みこんだり、ゆっくり引きぬいたりして。

二人の裸が、どこかで転んで、どんなふうに絡んだのか、よくわからなかった。

しかし亮太の両手はいつの間にか、先輩の太腿をしっかり抱きくるんで、左右に大きく開かせ、橙色に染まった肉の畝を、そっくりそのまま頬張っていた。

舐めて、吸って。

肉の畝の隙間から、とろりとした粘液が滲み出てきた。ずいぶん、濃い。

甘いのか、ぴりっと辛いのか。が、どんな味だろうと、口の中に広がった粘液は先輩の、一番大切にしていた肉の隙間から滲んできた。

亮太にとっては、人生最大の貴重なひと滴。

こくんと喉を鳴らして、亮太は飲んだ。

あーっ、百合さん！　大声で叫びたくなったが、口は塞がれていた。腰がもがいた。

先輩の口に深く含まれた男の肉が、びくんびくんと跳ねまわる。止めようがない。先輩の口は前後に動いたり、唇で筒の部分を、きゅっと引きしぼったりするのだ。

（もう、だめだ）

今にも吹き出してしまいそうな勢いは、止められない。男の瀬戸際に立たされている。

ものすごく、いっぱい出してしまいますよ。先輩の股間に口を埋めたまま、亮太はお腹の底で訴えた。

「待っているわ」

男の肉から口を離した先輩は、短く、小さく言った。

亮太は聞きのがさない。

思わず、ぐぐっと股間を迫りあげた。

瞬間、股間の奥のほうが弾きわれた。信じられないほど大量の男のエキスが、それはけたたましく、びゅびゅびゅっと噴き出ていく。陶然とした心地よさに、亮太は息を弾ませ目を閉じた。

が、次の瞬間、はっとして、目を開いた。

(お前は、どこに出したのだ!)

自分を詰問して、自分の股間に目をやった。

亮太の太腿を枕にして寝ていた先輩の目元に、それは満足そうな笑みが浮いていたのだった。

「お口をゆすがなくていいの?」

浴槽の底に両足を伸ばした亮太の太腿に、先輩は跨っていた。

ほんの少しの時間が経過したとき、先輩は言った。もう一度、お風呂に入りましょう。抱いていってちょうだい、と。

「ゆすぐなんて、とんでもありません。もったいないでしょう。ぼくのことより、百合さんのほうが気持ち悪くありませんか。自分でもびっくりするほど、いっぱい出てしまったんです」

「あのね、お口から溢れそうなほど、たくさんでした」

「それじゃ、どこかに吐き出してくれたんでしょうね」

「いいえ。もったいないわ。あなたと同じよ。全部、きれいにいただきました」

「ええっ、飲んでしまった、とか？」

「はい。今ね、わたしのお腹で、あなたのお子さんが、ゆらゆら泳いでいます」

太腿の上に跨っていた先輩のお臀に両手をまわし、力をこめ、亮太は引きよせた。この女性をぼくは、大好きだし、愛しているし、尊敬しているんだ。亮太は確信した。

あれっ！　そのときになって亮太は、やっと気づいた。

先輩の口に溢れそうなほど大量のエキスを放出したのに、男の肉はそそり勃ったままで、先輩の下腹あたりから、にょっきり頭を突き出していたのだ。

ものすごく恥ずかしい。恥じらいがない。

が、隠しようもない。

「ねっ、亮太さん、もう一度、お願い」

切れ切れの甘え声をもらした先輩の両手が、首筋に巻きついてきたのだ。乳房が重なった。

「お願い、って？」

「キスを。汚いなんて、思わないでしょう」

「どこが汚いんですか」

「だってね、わたしのお口には、まだ、あなたの味が残っているんです。獲れたての海栗を舐めたような。新鮮な海草なのかしら。でも、どっちでもいいの。おいしかったのよ。うそじゃないわ。あなたの軀から溢れ出てきたお汁なんですもの。わたしは汚いなんて思っていないのよ。でも、あなたはいいの？」

いろんなことを長々としゃべる先輩の口を、塞ぎたくなった。

先輩のお臀をさらに引きよせる。

唇を押しつけた。何度目のキスなのか、すっかり忘れてしまったが、亮太はかなり強引に舌を埋めた。

「あーっ、亮太さん――」

うめくような声をもらした先輩の顔が、仰け反った。

二人の舌が、激しくもつれ合う。

先輩の唾の味が変わったかどうかなど、どうでもいいことだった。

先輩のお臀と背中を抱きくるめ、じくじくと滲んでくる唾を、一滴残さず吸いとっていく。

「あの、百合さん……」

やや乱暴なキスを途中でやめ、亮太は呼んだ。

「どうしたの？」

やっと答えた先輩の目が、目的を失ったように、彷徨(さまよ)っていた。

「ぼくは、忘れ物をしていました」

「えっ、忘れ物って？」

先輩の目が少し正常に戻って、きょとんとした視線を送ってきた。

「忘れ物と言うのか、やり残したと言うのか」

赤みの消えない先輩の頬に、小さな笑窪が浮いた。

自分より歳上の女性なのに、愛らしい。

愛らしいというより、女の羞恥を滲ませているような。

「あなたはまだ、ものすごく元気ですものね。さっきから、わたし、驚いているんです」

言いながら先輩は、亮太の太腿に跨った下腹を、くっと迫り出した。

棒状にそそり勃ったままの男の肉の根元あたりが、先輩の股間に押され、圧迫される。

「こんなことをお願いするのは、ぼくのわがままですか」

「ううん、わがままじゃありません。だって、わたしだって同じことを考えていたんですもの。でもね、つい今しがた、あなたは男性の精を、わたしのお口に溢れるほど出したでしょう。だから、しばらく時間をおいたほうがいいかなって、そう考えていたの」

「それが、休む間もなく、あっという間に、また、いっぱいになって、こんなにでかくなっているんです。先輩と一緒にいると、ぼくの男の力は無尽蔵に湧き出てくるみたいです。今夜、初めてわかりました」

先輩の唇が、いきなり頬や鼻の頭、首筋にぺたぺたと張りついてきた。むずかる幼児をあやしているふうに。

「ここで？」

唇を離した先輩は、小首を傾げ、ちょっと意地悪そうに聞いた。

「風呂の中じゃ、具合が悪い、とか？」

「あなたは、ほんとうにおもしろい人。ねっ、聞いて。わたしは初めてなのよ。なにも知らないの。普通だったら、シーツをきれいにしたベッドとかお布団とか、そんな場所で体験させてもらうんでしょう。それなのに、お風呂の中で、なんて」

先輩の頬が、ちょっと不服そうに膨らんだ。

怒られている。

「やっぱりぼくは、だめな男でした。せっかち人間なんです。だからぼくはときどき、監督のサインを見おとして、ミスを犯してしまうんです。気をつけます」

亮太はうなだれた。

が、先輩の顔が急接近してきたのだ。

「お風呂の中で初めて経験するのは、二人にとって、ミスなのかしら」

「えっ！」

「わたしはね、そんなあなたが大好きなの。ううん、愛しているわ、心の底から」

「ぼくだって、百合さんに負けないほど、百合さんを愛しています」

先輩の腰が浮きあがった。

そして膝をつかってすり寄って、そそり勃つ男の肉の先端に、そろっと股間を沈めてきた。

「ねっ、わたしのお臀を、しっかりつかまえておいてくださいね。初めて男性をお迎えするときは、痛いこともあるんですって。痛さに耐えきれないで、腰がふらついたら、お湯の中に沈没してしまうでしょう」

「心配しないでください。ぼくの両手は、わりと力自慢ですから、百合さんをお湯の中に沈めることなんか、絶対ありません」

亮太の手は、先輩のお臀の両側を、がっちり支えた。

先輩の両手が、亮太の肩に掛かった。そして、股間を前後に揺らし、静かに瞼を閉じた。

大丈夫なんだろうか。亮太は不安を覚えた。先輩の表情が、ものすごく心寂しそうにゆがんでいくからだ。

「少しずつ、わたしのお臀を沈めていってちょうだい」

先輩の声が小刻みに震えていく。唇を固く閉じて、どこか悲しそうな先輩の表情を追っていると、自分はものすごく悪いことを始めるのかもしれないと、亮太は不安になった。

が、先輩の言いつけだった。

両手で支えもっている先輩のお臀を、少しずつ下ろしていく。

はっとした。屹立する男の肉の先端に、ぬるっとした粘膜がかぶさってきたからだ。

「あーっ、そこよ。当たりました。そのまま、少しずつ、ね」

先輩の言葉は切れ切れになっていく。

「いいんですね、このまま進んでいっても」

「はい。これからあなたは、あーっ、わたしの膣に入ってくるのよ。うれしい。女の悦びなのね。あなたでよかった。あなたはとっても優しくて、逞しくて、わたしを心から愛してくれる男性なんですもの」

どきんとした。先輩は自らの意思で、ぐぐっと股間を沈めてきたからだ。

直立する男の肉は、柔らかい粘膜を左右に押し広げていくような。

「百合さん！」

露天風呂を囲む樹木の葉っぱを揺らすほどでかい声で、亮太は叫んだ。

無我夢中で亮太は、腰を突き上げた。ぬるぬるっと嵌まっていく。お湯の温かさとはまるで違うぬくもりに、男の肉は取り囲まれた。

「じっとしてて」

先輩は言った。

はっきりしたことはわからない。が、男の肉はほぼ根元まで、先輩の花蕾を貫いていた。

二人の唇が、自然と重なった。

男の肉が柔らかい粘膜に揉まれている。

(出そうだ)

先輩の命令どおり、ただひたすらじっとしているのに、男のエキスが激しく噴き出していきそうな脈動が、股間に奔った。

「百合さん、ぼくは出します。百合さんの軀の一番奥に、です」

唇を離して亮太は、凛と言い、ほとばしった。

「待っているわ。だって、全然痛くないし、それにね、わたしの膣(からだ)の奥で、あなたのお肉が、むくむく動いているのを、しっかり感じているの。ほんとうに、気持ちいいの。女の幸せなのね。ついさっき、わたしのお口に出したでしょう。それよりもっとたくさん、あん、わたしの膣(なか)に出してちょうだい」

ほっそりとした先輩の喉が反った。

亮太は気合いをこめた。瞬間、ふたたび、信じられないほど大量の、男のエキスが筒先から飛び散っていったのだった——。

静寂の時間が流れた。二人の息づかいだけが、湯面を騒がせているような。

「ねっ、抜いてください」

先輩の声に、夢を見ていたような時間から、亮太は覚醒した。

少しずつ、腰を引く。

窮屈な栓を抜いたような感覚が、男の肉の先端に奔った。大げさではなく、すぽんと音を立てて、抜けたようなな。

ああっ！　亮太はたまげた。

細いヘアの揺れる先輩の股間から、一筋の赤い血潮が、ゆらりと立ちのぼってきたからだ。赤い血がお湯の中で広がっていく。真っ赤だった色が、薄桃色に変化していく。

「百合さんの花蕾が、開いたんですね。薄桃色の花びらをきれいに咲かせたようです」

「ありがとう」

ほぼ同時に、二人の両手はお互いの背中を、しっかり抱きしめていた。

唇が重なるまで、ほんの二、三秒だった。


〈了〉

※この物語はフィクションです。同一名称の固有名詞等があった場合でも、実在する人物や団体とは一切関係ありません。

イースト・プレス
悦文庫

水平線の恋唄

末廣圭（すえひろけい）

2023年1月22日　第1刷発行

企　画　松村由貴（大航海）

発行人　永田和泉
発行所　株式会社　イースト・プレス

〒101-0051
東京都千代田区神田神保町2-4-7 久月神田ビル
電　話　03-5213-4700
FAX　03-5213-4701
https://www.eastpress.co.jp

印刷製本　中央精版印刷株式会社
ブックデザイン　後田泰輔（desmo）

ISBN978-4-7816-2164-7 C0193